網球少年

董少尹——著
蘇力卡——圖

名家推薦

凌性傑（作家）：

在《網球少年》裡，可以看見當今社會青少年的成長處境。作者真切的追問，升學體制之下，每個人的天賦如何自由舒展？透過小說中男主角的眼光，我們看見了找尋自我的難題，以及認真做自己的勇氣。小說作者刺激我們思考、質疑：學校與家庭的存在，究竟是在成就天賦還是在扼殺創造力？這一部小說擁有運動文學的優點，大量交代體育賽事的細節，同時讓體育活動負載某種人生啟示。小說中的少年原本活在天才哥哥陰影下，最後終於找到自我肯定的方式。作者行文幽默詼諧，文字飽含正向積極的能量。

陳安儀（閱讀寫作老師）：

資賦優異的哥哥車禍去世，功課平庸、但運動細胞不錯的小胖弟，一直走不出哥哥逝世的陰影。然而，聰明的哥哥早料到弟弟只能從運動找到升學之路，留下了「人工智慧」的巧妙安排，讓弟弟進入了國中網球校隊。在團隊相處與網球技巧的磨鍊之下，弟弟終於「打」出自己的一片天。小說的架構完整，敘述流暢，網球專業知識串連練球過程，寓教於樂。中間劇情急轉直下揭穿哥哥身亡，造成戲劇效果，結局走出創傷的轉折稍嫌粗糙，但不致影響故事的可讀性。

馮季眉（字畝文化社長兼總編輯）：

「家中兩兄弟（或是姊妹），一個傑出、人見人誇，一個平庸、乏善可陳」，是常有的家庭狀況。《網球少年》主角是個「活在天才哥哥陰影下」的男孩，從小到大，只有體育不需要補考。哥哥則是能文能武的資優生、也是弟弟的偶像。男孩嚮往、熱愛網球，在網球場上找到屬於自己的舞臺，哥哥也一路鼓勵、陪伴他。

然而，看似充滿正向能量的生活，竟一夕崩塌！這時，讀者才恍然大悟，作者其實一開始便埋下了伏筆（哥哥正在研發機器狗，模擬小狗生前的聲音、動作、習性，作為感情替代，好讓拒絕接受愛犬生命已逝的小飼主，慢慢接受事實，回歸現實）。

故事從常見的家庭狀況出發，但作者的故事經營是動人的，尤其語言使用相當活潑，能夠吸引兒少讀者。節奏明快是優點，可惜對於主角的創傷處理，卻轉折過快。打網球的情節，寫實而富動感；融入網球知識，更能增加作品縱深；不過，網球專業含量以及術語的使用，與其全盤托出，或許再節制一點反而更能不失閱讀情趣。

目錄

1 我活在天才哥哥的陰影下

「哥，你在忙嗎？」哥哥回家後，我衝進他房裡找他，「媽媽說你寫的冰箱進貨提醒程式有問題，明明她才剛買十斤豬腿肉，結果連動的手機App一直叫，要媽媽注意肉品庫存，提醒媽媽要補貨了，關都關不掉。」

「喔？會不會是媽媽沒有放進腿肉放的那一層？我設計的感應器再怎麼靈敏，如果媽媽食品放錯位置，也沒辦法。我看八成是她買好肉卻忘記冰了，等一下你去麵攤幫我找看看。」哥哥說。

這時我注意到哥哥懷裡抱著一隻透出黑色金屬反光的四腳機器模型，我好奇的伸手摸摸。結果那隻不知什麼玩意的黑色金屬四腳模型居然會動，嚇得我往後跳，背緊緊貼住牆壁！

「這是什麼東西？空拍機？」我驚魂未定。

「不是，這是我新的研究計畫，機器狗『來福』。」哥哥將懷裡抱著的機器狗放到地上，機器狗立刻四腳朝天、扭動四肢撒嬌，要人家摸它肚子。

哥哥沒理它，我怕被電到也不敢摸，機器狗翻身爬起，居然「嗚嗚」仰天長嘯，唱起歌了。

「來福！安靜！吵死了，不要唱歌！」哥哥命令。

「為什麼這隻狗叫來福？」我好奇。

來福跑到我腳邊這聞聞、那嗅嗅，接著開始在原地不停繞圈、追著自己的金屬尾巴。

「因為這個研究計畫補助專案就叫做『來福專案』，」哥哥解釋，「汀州實驗小學有一個六年級的小朋友，養了十年的來福死掉了，他因為太傷心、大腦自動產生防衛機制、保護主體，讓他暫時忘記狗已經死掉的事實，反而每天還跟想像出來的狗玩耍，把他爸媽嚇壞了。其他人都看不見來福，只有那個弟弟自己看得見，一個人跟空氣在地上打鬧、滾來滾去。我們研究小組做了這隻機器狗，跟弟弟的爸媽拿了很多關於來福的影片檔案，模擬來福的動作、習性、嚎叫聲，企圖吸引弟弟的注意力，慢慢引導他回到現實，接受生命的逝世。」

「這隻醜不拉嘰的金屬模型，怎麼看都不像真的狗。」我眉頭皺在一起。

「喔，其實美術小組做的絨布外型跟來福相似度超高，但是被我拔掉了，因為我今天要調整來福嚎叫聲的音頻，跟動作細節。」

「你這次的研究計畫有機會可以成功嗎？」我隨口問問。

「我們還在嘗試。不止我們團隊，還需要跟諮商心理師配合，漸進式的誘導記憶恢復。人的大腦是很神奇的，狗死掉跟家人去世一樣難過，若弟弟的大腦判斷目前個體還未發展成熟，無法承受劇烈精神打擊，就會選擇暫時不接受現實，冷凍記憶，打拖延戰術，試圖避免產生永久性創傷。」哥哥歪著腦袋，摸摸下巴。

「有點恐怖耶！別講這個了，明天輪到我去麵攤幫忙，可是我數學不及格，被老師留下來補考，你幫我擋一下好嗎？」我問。

爸媽的小麵攤生意忙，我跟哥哥都要輪流去顧攤。

「又不及格？要不要我陪你去學校找老師，了解問題出在哪裡？」哥哥說。

「不用了，你別研究狗、幫我做隻機器貓，以後考試我就靠它了。」

「啊哈！我那個年代才叫機器貓，我還以為你們只知道哆啦A夢，沒想到你居然聽過！」哥哥把我趕出房門，「好啦，明天我幫你去麵攤幫忙，現在我要工作，有事等我跟組員開完視訊會議再說吧！

來福！不要再唱了！」哥哥制止仍在嗚嗚叫的機器狗。

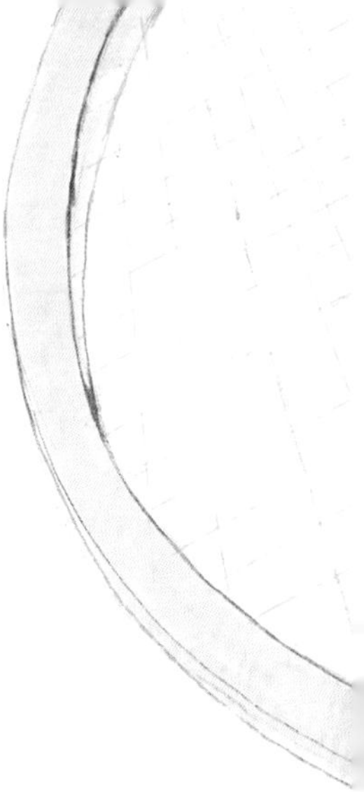

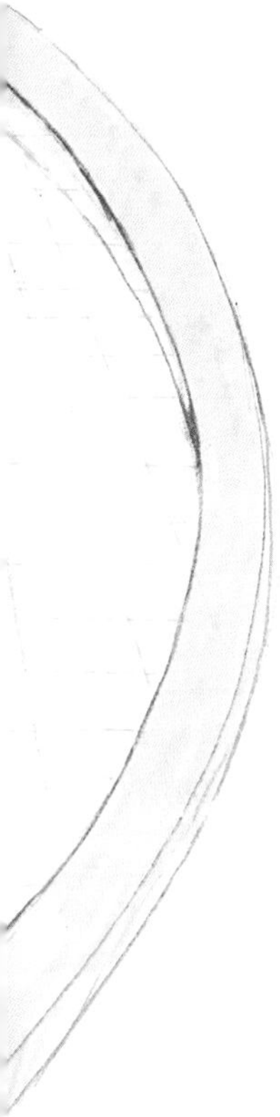

2 我的未來一場夢

我的哥哥是數理資優生，高中、大學都念第一志願，永遠的全校第一名。

家裡的櫥櫃被哥哥的獎狀、獎盃、獎牌塞得滿滿滿，爸媽非常以哥哥為榮，常對麵攤的客人炫耀，「兒子是我們唯一的驕傲，真是讓我們夫妻倆感到光榮！繼承我們兩人優秀的基因！我們唯一的兒子真讓人驕傲！」

喂喂喂！你們明明就有兩個兒子，什麼叫「**唯一的兒子**」？我也是你們生的吧？難不成我是撿來的嗎？還是石頭裡蹦出來的？真是的，居然把我給忘了！

「口誤啦！他們是要說『兒子是我們唯一的驕傲』啦！小胖弟，你不要這麼敏感好不好？」哥哥跟我解釋，我還是雙手交叉在胸前、氣到鼻孔噴火，頭頂冒煙。

不過你們不要誤會，我跟哥哥感情很好，雖然也會忌妒他做什麼都是天生贏家，但我真的很崇拜哥哥。

哥哥又高又帥，記憶力驚人，理解速度卓越，擅長念書考試，為人謙虛，又樂於助人，總是有問必答、犧牲下課時間或自習時間去教同學數學，人緣超棒。

而我身處天平的另一端，是個極端差異的存在，我又矮又胖，記憶力驚人的差，理解力更恐怖，學習曲線非常難看，成績一塌糊塗，人緣也不是很好，不太喜歡交朋友，總是活在自己的世界裡。

我念的六張犁國中，也是哥哥從前的母校，我常常聽到教過哥哥的老師跟我說，「你們真的是兄弟嗎？完全不像耶！是**親**兄弟嗎？」「當然是親兄弟啊！你敢不敢當面問我爸媽這個問題？」我都會嗆回去，親兄弟的「**親**」還加重語氣，是怎樣？

可想而知，我在老師眼中不是個討喜的孩子，不過我才不在乎咧！

我在乎的是，如果這個世界有神，那祂造人真是太不公平了。「這可不一定，搞不好我三十歲就禿頭，你到七十歲還有一頭烏黑亮麗的秀髮。」哥哥打從心底真摯的安慰我。

「話說回來，你功課不會的要來問我。你不要因為老師教的聽不懂，你就以為自己比較笨，其實是你跟老師的調性不合，這就像談戀愛一樣，男女朋友分手的時候，沒有是非對錯，只有適不適合。換個女朋友，或是換個老師，說不定就豁然開朗。」哥哥說。

「哦？談戀愛呀！這我可比你懂了，叫我大師吧！你這傻大個兒！」我跟哥哥扭打玩鬧成一團，岔開話題，逃避我心中的陰霾。

學校老師在講臺上，不管教什麼課程，我永遠都聽不懂。或者說，我完全沒有辦法定下心來、好好聽老師解釋數學證明題、歷史地理、英語文法，或是物理化學。

因為坐在教室裡不到兩分鐘，我就會開始發呆作白日夢，神遊在幻想出來的世界，飛行在三萬呎高空、翻滾進雲朵，又倏地急降至海平面、再鑽進地底三萬呎……完完全全斬斷與真實世界的所有感官連結，自然也不知道課堂中發生什麼事。

有時候我也會煩惱，將來我要怎麼養活我自己？總不能靠哥哥接濟吧！雖然我確定哥哥一定會有一番事業，但胖子還是要有胖子的尊嚴。

我的底線就是，一定要能負擔自己的伙食費，讓自己能填飽肚子。

去便利商店打工也好，去工地搬磚頭也罷，去加油站幫客人加油更好，去做資源回收也無妨……無論如何，總要想辦法自己賺錢，滿足口腹之慾，這就是我，**身為一個胖子的尊嚴**。

我決定跟哥哥討論一下我的未來，畢竟這關係到我能不能吃飽。

吃不吃得飽這件事，對瘦子來說，他們吃得不多，所以不是很重要，但對我來說，這可是宇宙霹靂無敵大的事。

「哥，我們自己人，打開天窗說亮話，我功課那麼爛，書都念到牛背上，在目前的教育體制下，可能很難上高中、讀大學，我怕我連混口飯吃都成問題。你幫我想想，我該如何從現在起培養謀生能力？」

我一個七年級的小鬼，問哥哥這個資訊工程系高材生有關生涯規畫的嚴肅議題，這畫面著實荒唐到令人發噱。

不過哥哥煞有其事的思考，反問我。

「你自己說呢？你有什麼專長？」

「你也知道，我從小就愛說謊，不老實，做錯事就拚命找藉口，編故事推諉卸責。編故事說謊騙人，這算專長嗎？」我問哥哥。

「當然算啊，合適的職業有詐騙集團、作家，跟直銷。對了，你有聽過『嬷嬷樂』嗎？」哥哥說完，我被他逗得哈哈大笑。

做直銷的六姑姑都會打電話給親戚天南地北聊天，接著天外飛來一句「對了，你有聽過『嬤嬤樂』嗎……」開始推銷產品，賣到後來把小姑姑跟四姑姑都拉進去一起做。

這就是哥哥的厲害之處，先把我拉出一片愁雲慘霧，再讓我換個角度看世界。

「如果你走作家這條路，除非你是暢銷作家，不然你會過得比較辛苦喔。能靠寫作維生的都是箇中高手，不是你這種小胖子辦得到的。」哥哥歪著腦袋，摸著下巴思索，「反而是詐騙集團跟直銷，你不用做到頂尖代表人物，只要高於平均值，就可以吃香喝辣，想必要餐餐吃到飽、維持體重抑或增重，也不是難事。只不過，直銷也就罷了，畢竟我們家族全部的姑姑都在做直銷，你如果決定加入詐騙集團，**那我們兄弟倆就此一刀兩斷，斷絕所有關係。**」

哥哥說得斬釘截鐵，嚇得我立刻澄清。

「那當然，我餓死也不會加入詐騙集團，人可以沒有錢，但不能沒有良心。」

「很好，寧可有良心的餓死，也不要沒良心的撐死，真不愧是我的好弟弟。既然你擅長的說謊騙人不能用來餬口，我們再來參詳參詳。」

哥哥站起身，在房間裡來回踱步，嘴裡念念有詞，偶爾還舉起食指放入口中沾沾口水、再高舉測風向，搖搖頭嘆氣說，「不妥不妥」，「體重過重」，「BMI指數太高」，「可能有脂肪肝」，「五官不夠立體」，「鼻子太扁」，「身高太矮」，「眉毛太粗」……

「喂喂喂！我又沒有要當男模，況且你也喃喃自語太大聲了，分明是故意讓我聽到的！」

哥哥無視於我的抗議，突然間定格，接著馬上問我：「從小到大，你從來都不需要補考的是哪一科？」

「那還用問，當然是體育！」我得意。

我胖歸胖，但是跑得快、跳得高，協調性好，什麼體育活動都是一學就會，一點就通，根本是個超靈活的胖子，體育課打籃球、躲避球或踢足球分組，是我唯一不會被排擠的時刻，大家都不反對跟我同一隊，同班同學叫我「**發福的矮藍波**」，別班同學都叫我「**六班的洪金寶**」，游泳課的教練敬重我的水性表現，還給我起了個寶號，「**水底胖蛟龍**」。

「那你記不記得，你六年級的班導師，在成績單上給你的評語？」

「呵呵呵，怎麼忘得了呢？」我笑說。

四肢發達，頭腦簡單。

你們沒看錯，導師大剌剌的在我的成績單上，留下這經典的八字評語。

他在開玩笑吧？他不知道成績單需要學生家長簽名嗎？難道他以為我是孤兒嗎？還是以為我隔代教養、照顧我的外婆不識字？啊！他會不會是在耍幽默？小學老師都這麼幽默嗎？

「麵攤忙，爸媽起先還不願意丟下生意不做，是被我硬拖去學校找校長，跟校長溝通。」哥哥一向比爸媽更在意我的事情，「我問校長，這是教育工作者應該有的工作態度嗎？我本來以為爸媽會幫腔，沒想到他們的表現讓我猛翻白眼，差點當場昏倒。」哥哥說到這裡不斷搖頭。

「發生什麼事了？」我問。

「爸爸問校長，導師評語都這麼誠實嗎？小兒子笨歸笨，老師不講、他自己不會知道，為什麼要白紙黑字寫下來給他看？」哥哥回憶，「爸媽都只有小學畢業，那年代環境不好，不能好好念書，成績也不好，所以走進校長室就緊張到胡言亂語，不知所云。不過，校長跟教務主任自知理虧，還以為爸爸在反諷，一直點頭稱是，那個代課老師被校長叫來道歉，解釋導師評語為什麼不婉轉一點或修飾一下，就這麼明目張膽的摧殘國家幼苗稚嫩的心靈。後來他教完你們班就轉校了。」

「哦，我記得老師把我成績單收回去，再還我的時候，評語已經改成『四肢發達，頭腦不簡單』，還跟我說他之前是不小心寫錯了，漏寫一個字。」我邊回憶邊笑場，其實我也滿同情那個年輕小夥子的，因為我滿江紅的成績單上，的確只有體育成績可以看。

這年頭老師不好當，太直接、太誠實容易惹麻煩，開玩笑還是要適可而止，畢竟多一事不如少一事，踩到恐龍家長的尾巴可就慘了，碰到沒幹活兒、時間多的，一家老小、三姑六婆附帶印尼看護，外加街坊鄰居、鄰長里長，一群人全帶著去學校找老師理論，沒完沒了。

「我看你的天賦，有九成九都是在運動方面。那你有沒有特別想從事的運動項目？」哥哥又問我。

我喜歡看漫畫，最近看的《網球王子》很抓得住我。

「網球，你看怎麼樣？」

「網球？怎麼天外飛來一筆，突然冒出網球這個選項？你從來沒打過網球，爸媽也不打網球，你要不要考慮棒球或是籃球，這是臺灣職業運動的大宗，各級學校對棒球跟籃球選手與教練的需求量比較大。」

「嗯，我想打網球。」

「等等，我想想。乍聽之下有點錯愕，不過國中的網球全國賽事大多是打團體賽，意思是只要學校的網球隊成績好，所有隊員都可以享受『搭便車效應』，這樣看來要靠打網球保送上高中、甚至大學也

絕非難事，讓我想想……」

「喔耶，網球！就決定是你了！」

「搞笑耶你，好吧，我記得六張犁國中的網球隊還算有認真訓練、成績也不錯，我當年為了科展研究項目還有找網球隊古教練幫忙，他是我以前的體育老師，現在好像升體育組組長了，不知道網球隊還是不是由他負責，我找時間去你學校一趟，了解情況。」

「不用你出馬，加入球隊這種小事我自己來就可以了。」我內心已經打好如意算盤。

「這樣嗎？那我傳授你幾招錦囊妙計……」哥哥露出不懷好意的奸笑。

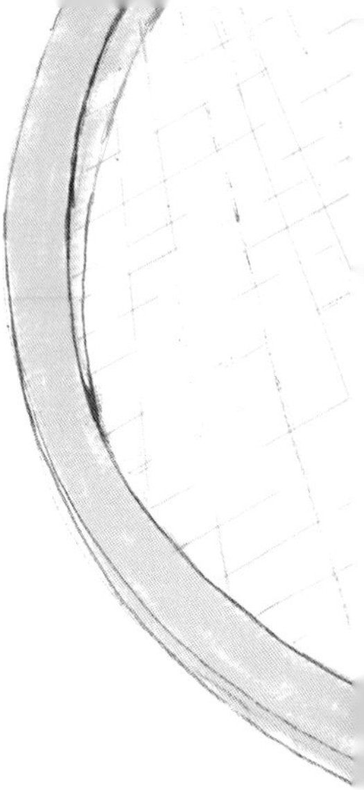

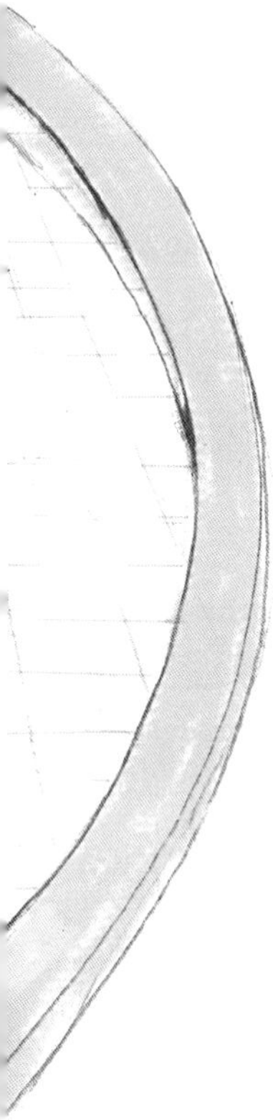

3 網球校隊

隔天下午放學，我在我們學校網球場旁邊的休息區，堵住網球場的入口，將正準備走進球場的古教練攔下。

「老師，我想要加入網球校隊。」我請求。

我們六張犁國中全校只有三個體育老師，我們班不是古教練負責，所以這也是我跟古教練第一次接觸。

「喔？我對你沒印象，你是七年級的新生嗎？網球打多久啦？」皮膚黝黑的古教練，長得有點像古天樂。

「咦？球隊只收本來就會打網球的人嗎？」我問教練。

「那當然啦！校隊是要代表學校出去比賽的，你不會打網球，我收你幹嘛？當球僮嗎？放學了，快點回家！」古教練態度變凶，語氣轉為不耐煩。

我失望、有些不好意思看著地上，忍不住又偷瞄幾眼坐在球場內的校隊隊員，雪白的隊服閃閃發亮，心裡好生羨慕。

「老師，我願意當球僮，能否讓我跟著校隊一起練習？我可以每天幫忙整理球場，餵球打雜，比賽期間幫忙買水、提行李，負擔球隊經理的行政工作，你不太想處理的文書作業，像是將隊員名單輸入系統、隊費開銷等，這些電腦打字工作，我也可以勝任。」我繼續跟教練溝通。

「不行不行！校隊有名額限制，你不會打網球，就不能占掉一個校隊名額！你知道我們網球隊去年畢業的三個學長，都保送到前三志願嗎？每一個名額都彌足珍貴，無法幫助球隊奪冠的，就不能占校隊名額！」古教練堅持。

「老師，你也知道臺灣的網球環境不佳，我自己去外面的網球俱樂部找教練學打網球，這開銷非常驚人，我父母賣一碗麵才賺十幾塊、賣一盤小菜賺二十幾塊，根本負擔不起。加上我們學校的網球場，只有網球隊隊員跟教職員可以使用，我也有繳學費啊，卻不能進來打網球，這樣子有沒有問題啊？」我反問。

「你現在是在威脅我嗎？我們網球校隊的經費來源乾乾淨淨，絕對沒有從普通班的學生身上挪用一毛錢！帳目表一清二楚、通通可以調出來檢驗！」古教練越講越大聲。

「老師，我不是在威脅你，我是在拜託你。讓我跟著球隊陪練一年，我願意替網球隊做牛做馬，當廉價勞工。如果一年內我靠著自主訓練，還沒有辦法打敗任何一位校隊正式成員，那我就會死心。如果我可以花一年的時間訓練，就追上、甚至超越校隊球員，那對網球隊的汰弱換強、程度提升，也有正面幫助，大家良性競爭，來場男子漢對男子漢的戰鬥。」我使出原本可以在詐騙業界闖蕩的三寸不爛之舌，繼續遊說古教練。

「嗯，校隊的訓練很辛苦，需要隊員跟隊員的家長全力配合。你如果沒有家長同意書，我也沒有辦法收你，徵求家長同意非常重要。」古教練還是不想收，打拖延戰術。

「同意書？如果教練同意我跟著校隊陪練，我明天就可以拿我爸媽簽名蓋章的同意書來。而且，教練你想想看，每次比賽前，難免會有隊員發燒啦、車禍啦、打架受傷啦、打籃球腳扭到啦、腸病毒拉肚子……人吃五穀雜糧，難免會生病，你多幾個板凳球員，強化候補選手的深度，有意外狀況時也可以多幾個選擇。」我說。

「你完全不會打網球？有自己的網球拍嗎？」古教練確認。

「嗯，我從來沒打過網球，所以也沒有網球拍，但是我協調性很好，跑得又快，加上我都不念書，晚上很早睡，從不熬夜，所以身體很健康，所有器官

的功能都很正常。」我有點不好意思的說。

「那就不用再多說了。我找校隊候補球員，還是會優先找打過網球的學生，不管是小時候跟爸爸打、有找教練教過，還是小學的時候打過網球隊的，你連球拍都沒有，是要跟其他隊員借嗎？難不成跟我借？放學很久了，快點回家，別在外逗留！走囉走囉！」古教練揮手打發我。

逼不得已，我使出哥哥教我的殺手鐧。

「教練，我是賈葉楠的弟弟。」我輕聲。

「賈葉楠？真的嗎？你是賈葉楠的弟弟？**親弟弟嗎？**」古教練眼睛突然發亮、兩頰泛紅，語氣興奮。

「是的，我是賈葉楠同父同母的親弟弟，我叫賈詩書。」我強調。

「唉！你怎麼不早說？**這種事要早點說啊！**你想加入網球隊啊？

來來來，今天就跟著球隊一起練習吧！」古教練喜形於色，激動的說。

「現在嗎？可是我沒有網球拍……」

「那不是問題，我的球拍借你。我有好多贊助商送的網球拍，等一下給你一支全新的。」笑容滿面的古教練判若兩人。

「我還沒有拿家長同意書來……」

「**沒有關係，那不重要**，叫你哥打通電話跟我講一聲就行了。」

啊你剛剛不是說家長同意書很重要？古教練矛盾的自打嘴巴。

「古教練，所以我是先當球僮嗎？」

「當什麼球僮？當然是正式隊員！我是體育組組長，我說了算！晚點我拿申請表給你，回家填一填，簽名簽一簽就行了。」

「可是我完全不會打網球耶！」

「不用擔心，你是小楠的弟弟，我親自指導你，保證三個月就可以跟上校隊水準。強將手下無弱兵，在我麾下包準你打遍天下無敵手。小楠有沒有跟你說，我年輕的時候是國手？」

「有，哥哥有跟我講過，他說古教練是國內排名前十的網球國手。」

「哈哈哈哈，『那些只是虛名而已，就好像浮雲一樣』。好漢不提當年勇，那些是我年輕的往事了，你想不想當隊長？校隊隊長明年畢業，我直接讓你當隊長好了。」古教練聽到我說哥哥有跟我提到他年輕的戰績，整個心花怒放，得意的翹起屁股、挺起胸膛，還引用電影《少林足球》的臺詞。

「沒關係啦！我先當隊員，或是副隊長就好。」我說著，心裡百感交集。

哥哥好大的面子，竟然跟古教練這麼有交情。

看來我還是活在天才哥哥的陰影下。

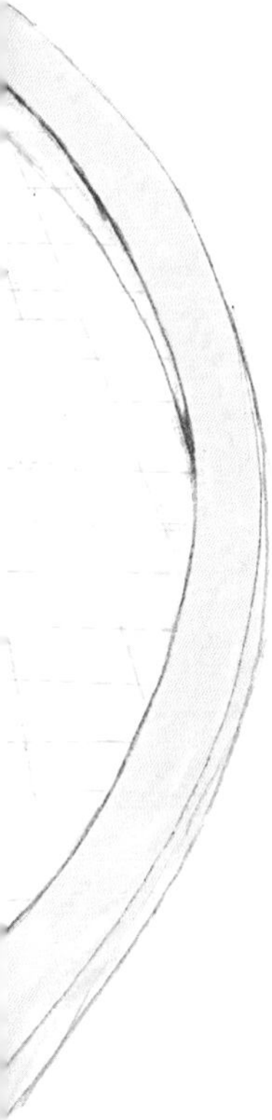

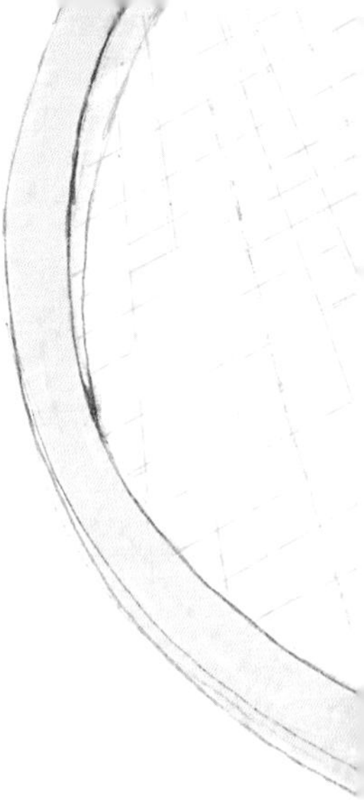

4 握拍

跟著教練走進六張犁國中的網球場，兩面紅土場地，圍牆後方還有一面硬地球場，古教練向大家介紹，「這是新隊員，大家拍手歡迎他！等一下大家自主訓練，按表操課，我到後面牆壁指導一下新同學。」

教練說完抓了一支網球拍，領著我走到水泥牆後方對我說：「拿地上的球，先對著牆壁打幾球給我看看。」

我撿起留在場上的網球，開始對著牆壁練起球來。打沒兩球，就把球打飛出球場外。

「嘖！今天狀況不好。」我自己找臺階下，企圖掩飾第一次拿球拍打球的困窘模樣。

再撿一顆球，對著牆壁開始抽打，打沒兩拍球又飛出去。再撿一顆，打兩下又飛出去。

屢試不爽。

這時候，一旁的古教練看不下去了。

「好了，我知道了，看來你真的一點基礎都沒有。」

古教練走過來，調整一下我手中的球拍，轉了七十度，虎口對準拍面延長線。

「這是西方式握拍，你再對牆壁打打看。」

我放輕力道，一拍接著一拍，居然可以跟牆壁來回打到十幾下。

「對擊球動作來說，最重要的就是調整拍面擊中球的角度。西方式握拍很容易上手，對初學者來說是很好控球的握拍方式。」古教練看我才一下子就抓到訣竅，也很高興，一副「果然是小楠弟弟」的表情。

我看看手中的球拍，驚訝不已。

不過是調整一下握拍的角度，擊球的感覺差異非常巨大。

繼續對著牆壁打球，感覺很順暢，再也不會將球打出球場外。

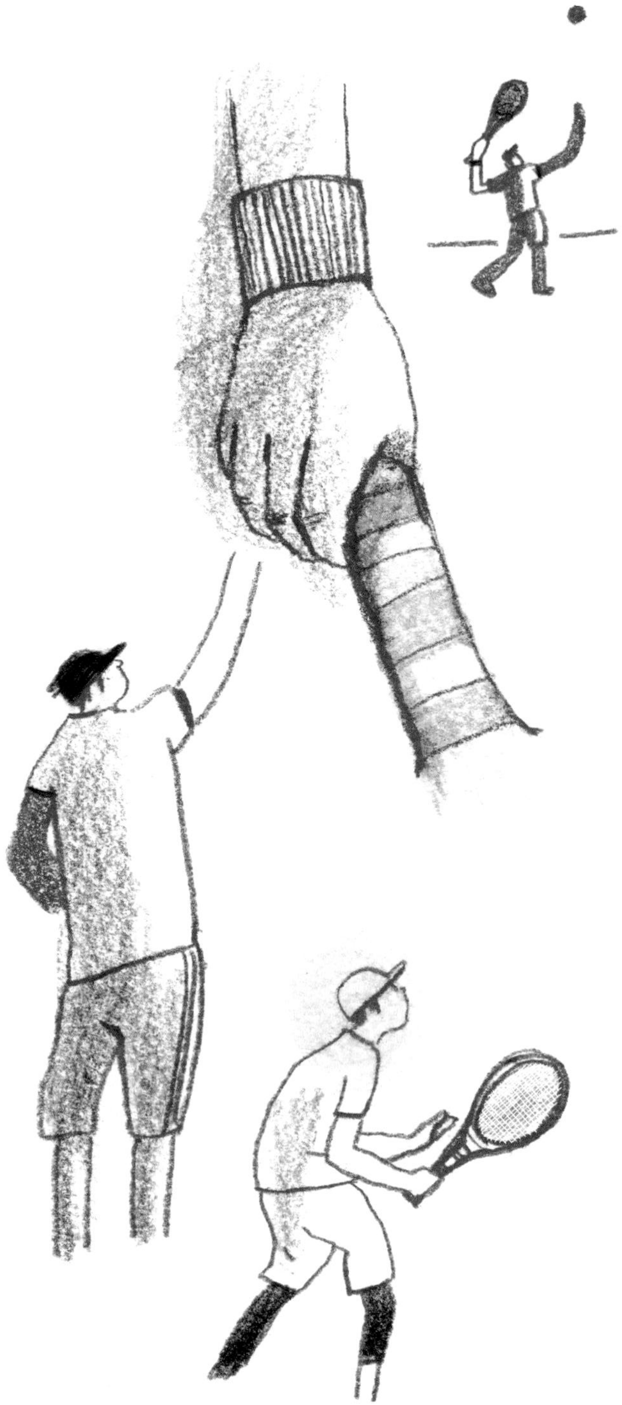

「哈哈！我果然有點天分！」我志得意滿，等不及要告訴哥哥。

古教練讓我對著牆壁打了大半個小時，要我到前場的紅土球場。

「你來主球場打發球機。」教練交代。

我幫教練搬出發球機，固定在對面場地中央，設定好球速與方向，發球機開始一球球吐出。

教練指指我，要我過去打幾球。

校隊所有隊員對我充滿好奇，全部伸長脖子、瞪大眼睛，想見識見識我是何方神聖，竟讓古教練個別指導半小時。

我站在場地中央，心裡既緊張又興奮。

第一球從發球機裡彈出來，我腳步凌亂的接近球、揮拍，球被我打飛出球場高四公尺的鐵網。

第二球接著彈出，我急急忙忙跑到球的附近、揮拍，球又飛出去。

「輕一點！輕一點！」古教練在場邊吆喝，其他隊員張大嘴巴，一臉疑惑。

冷靜。

我深呼吸。

再深呼吸一次。

結果第三球就在我調整呼吸的時候從我身邊飛過。

「學弟！要去追球！不要站在原地集氣！我們是網球隊，不是太極拳隊！」一位校隊看不下去，出聲提醒，其他人已經嘻嘻哈哈笑成一團。

第四球、第五球再度被我打飛，第六球我減緩揮拍的力量，居然將球穩穩打回對角線。

「對！好球，繼續保持！」古教練也看到了。

第七球、第八球我用一樣的力道擊球，球都被我打回同一個位置。

網球是有節奏的運動。

抓到節奏，就能複製成功擊球的時間點，一路暢快到底。

「好球！繼續，繼續！」

第九球、第十球都被我漂亮打回發球機附近的底線。

我抓到了擊球感覺，教練刻意讓我多打幾球，我連續打了五十球、打到發球機的球箱空空如也。

後面的四十球，我一球都沒有失誤。抓到節奏以後，把球打回對場像喝開水一樣輕鬆。

「怎麼樣？有點概念了吧？」古教練問我，我蹲在一邊喘氣，說不出話。

「教練，你在開玩笑嗎？這樣可以加入校隊？我阿嬤都打得比他好！」剛剛出聲叫我追球的高瘦學長又再次表達不滿。

「那叫你阿嬤來呀！」古教練說完，大家又笑成一團，「他今天第一次打網球，現在開放大家討論，指出需要改正之處。書生，你先說。」

「我身為副隊長，不能一下子全部講完，要留點給隊長講。這胖子體力太差，打五十球就快吐了，要多跑步，目測需要減重十公斤以上。換隊長開示。」副隊長戴著一副粗框眼鏡，斯斯文文的書生樣。

「這胖子腳步太凌亂，所以白白浪費很多力氣追球，移位不夠精準，對球的彈跳也還不夠熟悉，要多打發球機練習。師爺有沒有意見？」隊長高高瘦瘦、像根竹竿似的站著發言。

師爺留一小撮鬍鬚，倒有幾分曾志偉扮演的諸葛孔明神韻，做作的掐指一算，「這胖子目光如電，帥氣挺拔，英姿颯爽，氣宇軒昂，簡直是人中呂布，馬中赤兔，看來似乎是民族的長城，龍的傳人。**莫非，他是楠哥的親弟弟？」**

這時全隊傳出一陣驚呼。

「咦？你剛剛偷聽到囉？那還演什麼戲？」古教練說。

「此話當真？其實這位胖……學弟的腳步，看起來凌亂，事實上是亂中有序，守中帶攻，隱藏很深奧的內涵，具有欺敵效果。」高瘦隊長改口。

「體能其實也不算太差，以普通人的標準來說很不錯了，訓練一下就能應付比賽的強度。」書生副隊長也改口。

呃……什麼跟什麼？哥哥到底跟網球隊有何淵源，能讓教練到球員，通通變得對人不對事？

看來我的天才哥哥又教我關於人脈的一課。在家靠父母，出門靠關係，有關係就要攀關係，沒關係就要找關係。

但是這支球隊滑稽、荒誕、又些許莫名其妙的無厘頭氣氛，卻讓我隱隱感到有點擔心。成績優異的球隊，不都是以嚴苛的軍事化訓練聞名？教練鬼吼鬼叫、隊員唱歌答數、在地上爬來爬去之類的，這支校隊氣氛這麼歡樂，反倒不像校隊，像是一支社團性質的康樂隊。這樣真的能讓我靠著打球保送高中、甚至大學嗎？

「我們球隊都用外號相稱，比較親切。新隊員的綽號，大家提議一下，最慢講的跑十圈球場。」古教練說。

「我提議**金城武！**」竹竿隊長提議。

「我建議**劉德華！**」書生副隊長提議。

「男神！帥神！**網球隊的布萊德彼特！**」師爺大吼。

「你們這些人、瞎起鬨……」古教練被大家逗得忍不住笑場。

「他看起來有點像比熊犬，叫他『**網球隊的布萊德比熊**』，你們看怎麼樣？就是有點囉嗦，」一位看似新人的校隊隊員說，「我覺得他矮矮胖胖、又白白的，很像湯圓，叫他『湯圓』好了，簡潔有力。」

「吼！學弟！你敢說楠哥的弟弟矮！」

「你慘了！你竟敢說楠哥的弟弟白白胖胖！」

「你居然叫楠哥的弟弟湯圓！」眨眼間隊長、副隊長，跟師爺三人已經將學弟抓起來高高抬起，學弟「哇哇哇」的在半空中慘叫。

「沒關係啦！我哥都叫我『**小胖弟**』，大家也可以這樣叫我，我不介意。」我趕忙說。

「好吧，既然楠哥都這樣稱呼……」竹竿隊長說。

「我們以楠哥馬首是瞻……」書生副隊長說。

「那我們就跟著楠哥叫你『小胖弟』吧！」師爺附和。

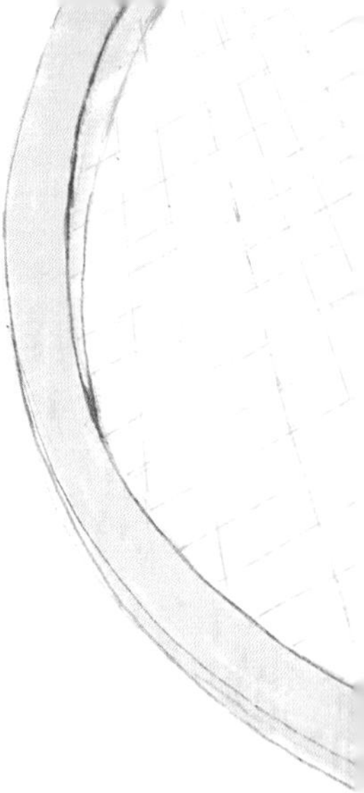

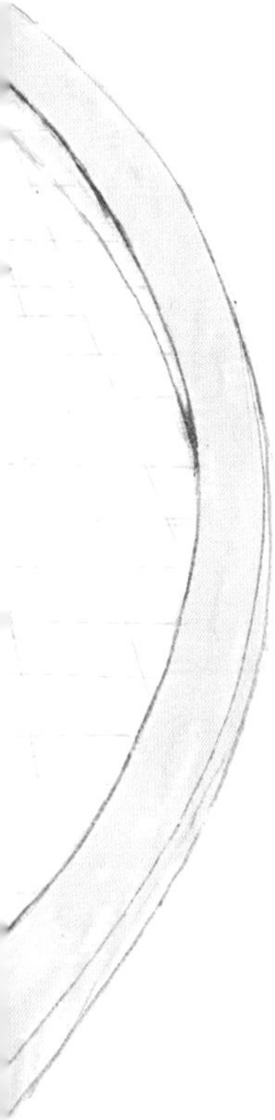

5

問問賈葉楠

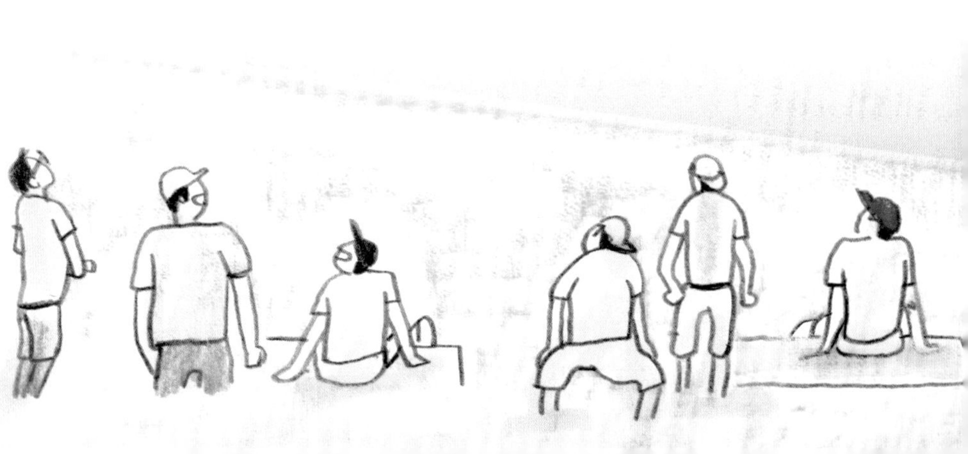

「哥，你為什麼會跟網球隊那麼熟？好大的面子啊你……」我開始滔滔不絕、鉅細靡遺的把今天發生的事情向哥哥報告。

哥哥雖然是大學生，不過因為家在臺北市，學校也在臺北市，為了省房租，還是住在家裡。

「也沒什麼啦，我高二寫了一個程式參加科展，回母校六張犁國中找古教練，希望輸入網球隊的比賽資訊，用科學方法找出克敵制勝的最佳作戰策略。」哥哥回想，「那個程式叫做『問問賈葉楠』，你們網球場旁的校隊辦公室裡面有臺舊電腦，或許還存著這個程式，沒有殺掉。我這裡也還有備份系統。」

哥哥這時打開他的筆電，秀給我看，「你看，當時每一位六張犁國中的校隊隊員，都被我像電玩一般將各項能力數據量化，舉例來說，當時七年級的竹竿，也就是你們現在九年級的隊長，點開來，攻擊力七十分，球種是上旋球，轉速兩千八RPM，爆發力八十七分，不能再高了，體能是弱點，只有五十分，現在不知道有沒有進步，上網截擊七十五分，情緒智商超高，九十二分，發球九十分，平擊球八十分。」

哥哥移動滑鼠，點開另一個人形圖像，「這是全國中等學校運動會，六張犁國中在決賽遇上的對手，佳樂水國中，竹竿的對手，攻擊力八十，球種也是上旋球，轉速三千 RPM，體能不明，網前截擊技巧不明，發球是弱點，五十五分。」哥哥語氣轉為興奮，「接下來是重點，按下『對戰！FIGHT!』這個符號，會跑出來竹竿勝率最高的作戰模式——**發球上網！接發球上網！**」

我不是很靈光的頭腦，也發現邏輯錯誤之處。

「你的程式怪怪的，如果隊員各項數據量化的過程輸入錯誤，或是對於對手的情資蒐集錯誤，那『問問賈葉楠』的預測結果會差很大吧！」我說。

「是的，」哥哥直接承認，「這是一個噱頭重於實際效果的程式。不過，在將校隊選手能力數據化的過程中，產生意想不到的收穫。我不斷跟古教練討論，跟隊員頻繁接觸，這過程讓古教練對每一位成員更深入了解，同時也讓隊員更知道自己的優勢、對手的弱點。把資訊輸入電腦的這個動作，加深了網球隊的連結，加上還要對對手進行情報偵蒐，輸入對手資訊，我的科展研究計畫，從單純的分析六張犁網球隊數據、加強自身網球技術，發展成為蒐集敵我所有資訊的情報戰。」

哥哥說到這裡，掩藏不住笑意，「而且最重要的是，那年六張犁國中網球隊過五關斬六將，關關難過關關過，一路殺進決賽，拿到全國中等學校網球隊團體組金牌，也不確定是不是因為科學化數據分析的幫助，總之古教練把這歸功於我的研究計畫，我也靠球隊的實際成績，贏得科展跟保送大學資工系，還去芬蘭參加全球高中生資訊展覽。」

原來如此。

難怪古教練跟老一點的網球隊隊員，聽到哥哥的名字像見到偶像一般興奮。

「好了，我要忙了，出去吧！」哥哥埋首工作。

我走出哥哥房間時，突然感到一陣空虛。

好奇怪的感覺。

「是肚子餓了吧？」我推測，肚子空空的讓我的心也空空的。

隔天早上，我六點半就到學校的網球場，想趁早自習開始前先用發球機複習一下正拍。

本來還以為這麼早不會有人，沒想到竹竿跟師爺已經在球場練球。

「小胖弟！幫忙一下好嗎？」師爺要我幫忙撿一下滾到我腳邊的網球。

我彎下腰撿起，看了一眼，上面註明比賽專用球，將球丟還給他。

「平常練習就用比賽球？」我忍不住問。

「因為快要跟和平國中打友誼賽，需要適應新球的彈跳。」師爺解釋。

比賽球跟練習球還是有彈跳軌跡上的差異，比賽球的速度較快、彈跳較高，價錢也比較貴，而且不耐打，礙於經濟考量，平常練習還是以練習球為主。

「對了，小胖弟，用球拍敲一下網球，球就會彈起來，能不彎腰撿球就盡量不要彎腰，避免受傷。」竹竿友善的提醒我。

「我們網球校隊除了你之外，其他五個人都是網球打了好幾年的人，說實話不太需要古教練個別指導，技術層面調教差不多了，剩下都是個人自主訓練以及戰術演練，所以古教練在球場的時間，大半都在跟大家哈拉聊天。」師爺說。

「昨天看到古教練個別指導你半小時，豆沙包應該是忌妒你，才會叫你湯圓。他跟你一樣七年級，有話直說，個性比較直接，平常喜歡吃豆沙包，還有一個八年級的學弟，都不講話，綽號是省話一哥。」隊長順便幫我介紹一下，「省話一哥跟豆沙包不認識楠哥，所以對你多有得罪之處，還請你見諒，不知者不罪。」

「不敢不敢！沒有得罪、沒有得罪……」我趕忙亂搖手一通。

「竹竿、書生跟我可是佩服楠哥佩服到五體投地，多虧楠哥寫的電腦程式，讓我們打遍全國各網球校隊，可惜『問問賈葉楠』的資料庫很久沒更新了，現在已經無法派上用場。」師爺一臉惋惜，「不說這個了，昨天我跟竹竿老早就發現你腳步凌亂、不會『單打位移腳法』，你看竹竿示範，注意竹竿的腳。」說完師爺將球打向站在對場的隊長。

隊長的移位好快，師爺把球打向竹竿的正拍，竹竿擊完球後轉身面向球場中心線、藉著揮拍的慣性，右腳在前交叉過左腳，橫向移回場中央。接著師爺把球打向竹竿的反拍，他一樣是擊完球之後、藉著揮拍的慣性轉身、左腳橫越右腳，橫向左右跨步移動回場中央。

我兩眼死盯著竹竿露在短褲外的一雙長腿，立刻模仿竹竿的腳步。

師爺餵球速度越來越快，隊長反擊的球絲毫不減力道，只見他們兩人來回打了大約一百多顆兩邊調動的球，才略顯疲態。

「小胖弟，我喘口氣，換你來打，師爺餵球給你。」竹竿說完走到一旁，推了一臺裝滿網球的大鐵車，再拉到師爺腳邊。

我站到對面。手握球拍，專心看著師爺球拍的動向。

師爺一球打過來，緩慢的彈跳在我計算之中，我毛手毛腳移動、揮出正拍，將球打回師爺腳旁。

「腳步！腳步！踏穩，跨步，不要亂跳！」一旁觀看的隊長糾正我。

師爺球餵向我反拍，但是因為我還不會打反拍，所以多跑兩大步，讓球落在我右側、繼續用正拍擊球，擊完球，我太專心想著新學的腳法，順勢再轉向左側，跨步位移。

結果我整個跑出網球場外，竹竿跟師爺哈哈大笑。

「忘記了，你還不會打反拍。雖然說單手反拍比較帥，但是一開始還是先練雙手反拍比較保險，」竹竿走過來調整我手上的球拍角度，「因為雙手反拍穩定性比較高、比較不容易失誤。網球一開始先求穩，穩定度有了，再加強擊球力道。仔細看師爺擊球的時間跟揮拍的軌跡，然後站在一邊揮空拍。」

竹竿用反拍跟師爺抽起球來，邊打邊說。

我仔細觀察。

師爺的反拍動作很簡潔，精簡到沒有一絲多餘的拉拍或是個人習慣動作。

我邊學邊揮空拍，試圖做到一模一樣，等感覺差不多的時候，竹竿讓我到球場中實際練習。

「腳再蹲低一點，重心太高。」師爺餵球到我反拍，竹竿在一旁指導。

「揮拍要連貫，中間不要停下來。」竹竿發現我怕把球打飛，揮拍到中途會停頓來瞄準擊球點。

我聽竹竿的話，揮拍連貫不停頓，立刻將球打飛出球場。

「調整拍面，反拍右手握法要逆時針轉一下。」古教練不知何時出現，也來到球場後面的圍牆，看我練習反拍。

我再試幾球，還是不斷打飛，古教練忍不住走過來幫我轉一下握把。

「左手輔助，扶著球拍握把，右手虎口對著這條把線，跟你正拍的握法不一樣，所以手腕要轉一下角度。」古教練抓著我的雙手，調整我的反拍握法。

調整過後，我繼續練習，沒有一球打飛，還越打越順，最後開始一球正拍，一球反拍交叉練習。

「小胖弟，你要養成習慣，準備擊球前保持雙手持拍，利用左手調整球拍在右手的角度。」古教練看我來不及轉換握法，將密技傳授給我，「你的慣用手是右手，所以正反拍都是先調整右手的握拍角度，嘴裡念念口訣提醒自己，**正手拍反手拍，正手拍反手拍**。」

「有一次我在公車上，遇到一個變態色老頭，從背後偷摸我屁股，」竹竿回憶，「我一轉身、直接甩他四個巴掌，劈里啪啦劈里啪啦，我嘴裡也在念口訣，**正手拍反手拍，正手拍反手拍⋯⋯**」

竹竿沒說完就被師爺巴頭，笑罵：「不正經！古教練難得在認真教學，你一直瞎扯蛋！」

古教練則是忍不住哈哈大笑，我也忍俊不禁。

「好啦！要升旗了，你們先回教室吧！小胖弟，你的球拍可以放在校隊辦公室，省得拿來拿去。」古教練喊道。

「離開前記得鎖門喔！」竹竿叮嚀，跟師爺還有古教練先走一步。

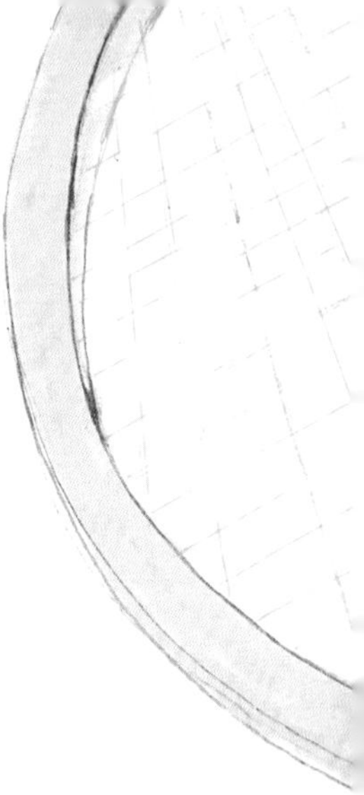

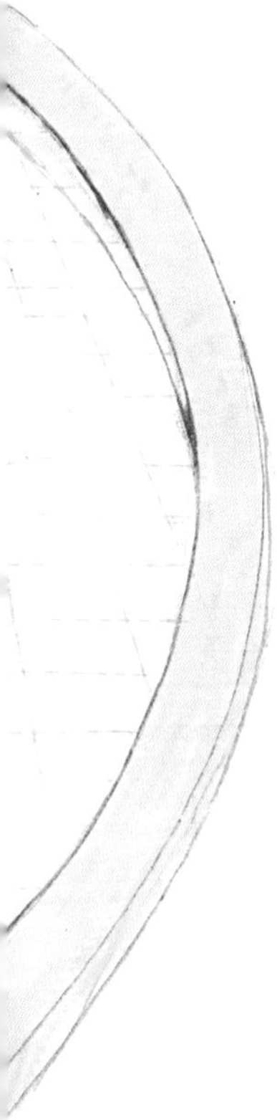

6 拍頭加速

我一個人走進校隊辦公室，放下球拍，目光立刻被辦公桌上的電腦螢幕吸引。

螢幕保護程式是一個很眼熟的Logo彈來彈去，我記得最近剛在哪看到過。

「**問問賈葉楠！**」我驚呼，那是「對戰！FIGHT!」的啟動圖案，我衝過去動動滑鼠，果然進入哥哥秀給我看過的電腦程式。

點進去，執行，展開六張犁國中網球校隊名單，我看到一些不認識的卡通人形塗鴉，像是西瓜、鍋貼、盧森堡、柯南……認識的只有竹竿、書生，還有師爺，畫得跟本人倒有幾分神似。

不對！

令我毛骨悚然的事發生了。

我居然看到一個卡通人形圖樣，上面標示著「小胖弟」。

不是說程式很久沒更新了？我才剛加入球隊，也沒看到省話一哥跟豆沙包的人形圖樣，怎麼已經有我的網球技能數據量化資料？

這還不是最恐怖的事。

最恐怖的是，標示「小胖弟」的卡漫人形圖樣，居然是個腿長臉小、酷似花美男宋仲基的九頭身瘦子！

竟敢把我畫成瘦子！是誰這麼放肆！

瘦子！

對我們胖子來說，全天下最恐怖的事，莫過於含辛茹苦養育而成的白肉，一夕間消失無蹤。

世人對胖子多有誤解，以為我們一定很自卑，很想減肥，每天幻想瘦身成功媚登峰，期待拿著以前的衣服大喊「我終於又穿得下了……」

事實上根本不是那麼一回事。

養尊處優又吃得好的上層階級，才有機會能成為胖子，歷史上數次的大饑荒曾奪走百萬人性命，**肥胖**是金字塔頂端的貴族才有的特權，**脂肪**是大饑荒發生時延長壽命、增加存活率的保命符。

像我這等身材要維持得住，在古代可是皇親國戚、一品大官才能負擔的伙食費用，我很珍惜身上的肉，這些是我位在上流社會的象徵。

現在我被畫成腿長臉小、酷似花美男宋仲基的九頭身瘦子，真是把我嚇得半條命都沒了，連滾帶爬衝出校隊辦公室，不敢再看一眼。

接下來一整天都魂不守舍，學校老師上什麼課我也渾渾噩噩，依稀記得國文課寫作文，題目是我的嗜好之類的，我一心想快點放學回家問哥哥電腦程式的事，作文稀里呼嚕亂寫一通，交差了事。

放學時間一到，也沒打算去練球，我抓著書包直往校門口跑，陡然間被一股力道揪住。

豆沙包兩眼惡狠狠瞪著我，「胖子往哪跑？我倆拉幾球吧！」無可奈何，我跟豆沙包走到網球場，我站到對面球場，豆沙包一球球打過來，有旋轉、有速度。

我還沒熱身，就被逼著接豆沙包的全力抽球。球來到我右側，我就用正拍打回去，接著練習單打的移位腳法回到中線，球飛到我左側，我換成練習雙手反拍，轉一下握把將球打回豆沙包腳前。同時訓練正拍、反拍，加上步法，一開始有點手忙腳亂，打到二三十球也就慢慢進入狀況。

「哼！有點樣子了！」豆沙包也發現我驚人的學習速度。

我保持專心。

有進步的時候，更要多練習，將動作牢牢用身體去記憶下來。這樣跟豆沙包來來回回，也對抽了幾十個球沒有中斷。

「我有在讓你，你知道吧？」豆沙包大聲喊。

他有餘力講話，我已經連擦汗的力氣都沒有了。

豆沙包刻意將球打到我附近，所以我們才能拉這麼多球不中斷，反倒是我打回給豆沙包的球左右亂飛，他卻輕而易舉的回擊給我，這之間難易度不可同日而語。

到最後，我一口氣上不來，跌坐在場地右側，看著網球從我身邊飛過。

「怎麼？不行了嗎？體力太差。」豆沙包只是微微喘氣，我卻爬到球場邊的排水溝開始嘔吐。

吐了半天、等我將中午吃的排骨飯吐得一乾二淨，豆沙包已經走回放包包的長椅。

「再來打吧，我還行。」嘔吐完以後，我覺得舒服一點。

「你的球太軟了，揮拍速度太慢，拍頭還沒加速就擊到球。」豆沙包說，拿著他的球拍，咻！咻！猛力揮了兩下。

「聽到聲音沒有？你揮拍都沒有聲音，不要說網球了，那種揮拍速度連蒼蠅都打不到。」豆沙包不屑。

我拿起拍子，模仿豆沙包的動作，用力揮幾下正拍，寂靜無聲，沒有豆沙包揮拍的「咻！咻！」聲。

「肩膀太僵硬！揮拍前肌肉越放鬆，揮拍速度越快！你在揮拍前就繃緊肌肉，怎麼能讓拍頭加速？」豆沙包解釋。

「原來如此。」我點頭。

放鬆右手，活動一下手腕。揮拍，依然安靜無聲。

「腳要蹲，腰要轉，肩膀要轉，才能用到全身的力量。」豆沙包仔細觀察我的正拍。

再揮兩下，從腰、肩膀、到手臂，所有的力量都用上了，揮拍還是沒有聲音。

「網球沒這麼簡單吼？現在不敢瞧不起我最愛的運動了吧？不會

打網球還敢來參加校隊……」豆沙包悻悻然。

「我從未瞧不起網球這項運動，我就是不會打才來這裡練，你們每一個人的程度都足以當我的教練。」我澄清。

忽然間，我發現一點。

豆沙包的正拍握法跟我不一樣。

「你不是用西方式握拍？」我問。

「不是，我用**半西方式握拍**。」豆沙包把我的右手虎口向內逆時針轉四十五度。

我揮幾下正拍，竟然發現手腕活動空間加大，力量傳遞變順暢，揮拍出現網球拍撕裂空氣的「咻」聲。

「哦？」豆沙包也聽到拍頭加速聲，沒講話。

半西方式握拍的拍頭加速度很快！

我興奮。

再揮兩下！

「**咻！咻！**」拍頭加速撕裂空氣的聲音聽起來像是射出的箭，我興奮的再揮幾下，「**咻！咻！咻！咻！**」前後不過十分鐘，我揮空拍從寂靜無聲轉變為破空之聲不絕於耳，我蹦蹦跳跳、不斷重複的揮著拍，生怕忘了其中的訣竅。

豆沙包表情凍結。

「你之前完全沒打過網球？那你學得也太快了！」豆沙包不甘心的承認。

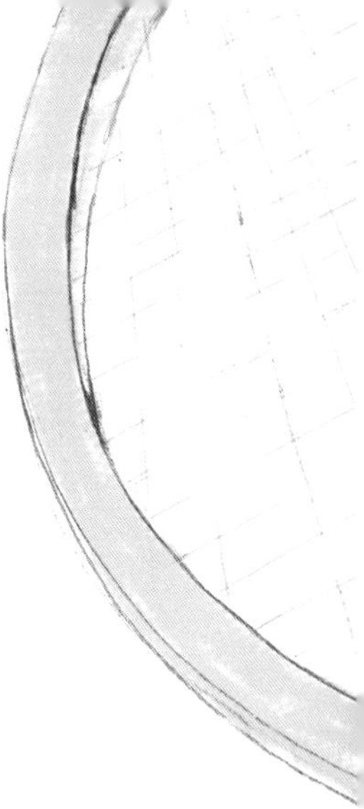

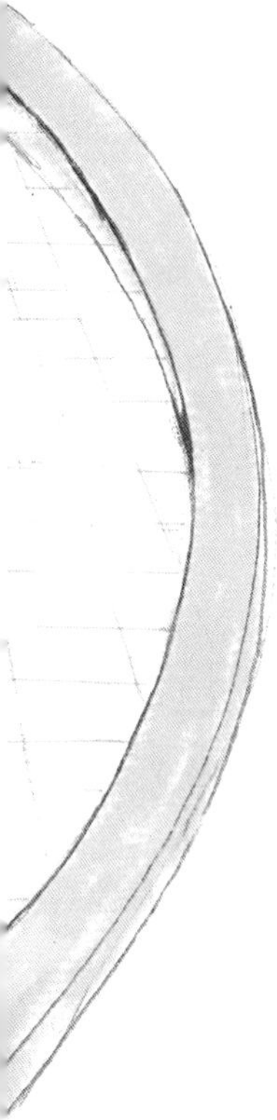

7 上旋球

哥哥回家後，我立刻衝進他房裡。

「哥，今天發生一件超恐怖的事情！網球隊的『問問賈葉楠』居然有我！」

「大驚小怪，這表示還有人繼續在餵資料給『問問賈葉楠』啊！系統有維護、更新，輸入新數據之後，程式就可以使用下去。你有點開你的人形圖樣嗎？」

「呃……沒有，我不敢，因為我被畫成一個腿長臉小、酷似花美男宋仲基的九頭身瘦子！」

「**什麼？你被畫成一個腿長臉小、酷似花美男宋仲基的九頭身瘦子？**這不科學啊？太恐怖了！你白白的肥肉到哪裡去了？」哥哥誇張的演技又把我逗笑了，「我幫你問問古教練吧！我猜八成是書生還是師爺在惡作劇，竹竿跟古教練配合著瞎胡鬧，嚇嚇你當作見面禮。這支球隊歡樂過了頭，從上到下沒一個正經的……」

哥哥說完把我趕出房門，忙他自己的事。

嗯，真的只是惡作劇嗎？我內心隱約覺得不大對勁。離開哥哥的房間那一剎那，我覺得身體空空的，精神上有種悵然若失的遲鈍，就跟前幾天的感覺一模一樣。

該不會是……我又餓了吧？

「小胖弟現在處於快速進步的高速成長期，我跟他拉幾球，你們幫忙看看他哪裡要改動作。」過幾天校隊練球時，古教練要檢視我的進度，抓了五顆球，先打一顆球過來。

我退後一步，穩穩將球打回教練腳邊，古教練再將球打回來，球已經具有旋轉，落地以後還加速彈跳，我一個沒揮準，球打飛了。

古教練再打一顆球過來，我正拍打回去，古教練抽球回來，我準備擊球時，球又以驚人的速度彈到我眼前，我趕忙低頭閃過，卻也躲得狼狽不堪。

「奇怪？」我抓抓頭，略微思索便想通。

古教練的球有很強的旋轉，這也是我抓不準擊球時間的緣故。

上旋球。

上旋球類似桌球的抽球，利用拍面與球的摩擦力製造大量旋轉，讓球的彈跳軌跡出現差異，著地後球會彈跳更高，跳出正常的擊球高度。

古教練打第三球過來，我抽回去，古教練打上旋球過來，我刻意輕輕擋回去，只求過網，同時思考如何應付古教練的上旋球。

仔細觀察。

古教練揮拍一瞬間看似輕鬆、實際拍頭加速度比豆沙包要快上很多，球拍接觸球的那剎那，我發現古教練猛力甩動手腕。

球來了，落地之後再度快速彈跳。

我把握把轉成豆沙包教我的半西方式握拍、同時模仿古教練的動作，在揮拍的剎那加上甩動手腕、球拍擊中球那零點幾秒手腕提拉！「啵！」我把球成功打回去、而且擊球的聲音也變了。

原本我擊球的聲音是「噔！噔！」像高跟鞋踩在地上的聲音，現在擊球時變成「啵！」類似開香檳的聲音，很有可能是我揮拍速度變快、加上手腕力量之後，改變了球拍擊球的角度，所以連擊球聲都產生變化。

古教練看到我將球打回去，毫不客氣的再將球強抽回來。

我繼續使用手腕、加強力道，將球擊回去的同時，發現自己的正拍威力十足，回擊的球同樣具有很強的上旋。

隨著古教練一球球加強力道、我也一球球強抽回去，我每一球都用上十足的手腕力道。

這時候場邊的竹竿「**哎呀**」一聲叫出口，師爺也驚呼一聲「**不**

妙！糟了！」

我跟古教練的對抽已經來到二十幾球不間斷，每一球都是又快又旋、加上擊球時「啵！啵！」的開香檳聲音，這對剛接觸網球兩星期的初學者來說，是很新鮮的感受。

古教練放下球拍，讓網球從他身邊呼嘯而過。

「大家都發現小胖弟的問題了嗎？」古教練問一旁坐一排的隊員。

「我說話，我負責。小胖弟手腕力量用太多了。」竹竿說。

「了不起。負責。」書生稱讚竹竿，竹竿一臉莫名其妙。

「小胖弟的右手腕現在應該開始痛了！」師爺接著說。

「不會痛啊！」我搖搖頭。

古教練嘆口氣，眼神看著地上，似乎在回想很久以前的事。

「省話一哥，你說說看我年輕時的外號。」古教練指定。

「**鐵腕小古**。」省話一哥說。

古教練眼眶泛淚，仰頭看著天空。

「我『**鐵腕小古**』的外號來由，就是因為每一球我都用十足的腕力擊球，讓球具有很強的上旋。」古教練擦擦眼角回憶，「我也是靠腕力讓我的正拍變成我的致命武器，對手都不敢將球打向我的正拍。」古教練輕輕撫摸自己的右手腕。

「靠著使用腕力打出的上旋球，雖然讓我在國內排名賽打入前八強，但是這種飲鴆止渴的打法，在我身體埋下一顆不定時炸彈，四強賽的時候爆炸了。止痛藥、止痛針完全無效，我痛到連球拍都握不住。我因為手腕的傷勢退賽，之後整整修養了一年、復健更是讓我吃盡苦頭。」古教練語氣沉重，似乎強迫自己回想不堪回首的往事。

「所以說，小胖弟，你如果養成習慣用手腕的力量打球，不出三年，你的右手腕就會報銷，我是負面教材，你不要學我的動作，」古教練說，「有很多種方式可以打出上旋球，你要選不會受傷的那種。關鍵不是在擊球，而是在『刷』球。有『刷』到球，球才會出現旋轉。力量的來源不是手，是腿，就是你蹲下去再站起來的力量。你去後面空的球場打發球機，找找看『刷』球的感覺。」

我點頭。

「其他人來第一球場，練網前截擊。」古教練指示。

球隊練球練到晚上七點，我走回前場看看大家練得怎麼樣了，發現竹竿、書生、師爺都已經累到趴在地上喘氣，省話一哥跟豆沙包也臉色慘白，搖搖晃晃的勉強站著。

古教練解散球隊前，提醒大家最後離開球場的記得關燈，拍拍屁股走人。

本來奄奄一息的大夥兒，聽到古教練說「解散」兩個字，全部回復精力，一溜煙迅速離開球場。

我故意慢慢收拾東西，給人家看見了不好意思，我等大家都走了、球場淨空再開始自主訓練。

除了固定的早晚練習時間，我每天都在練球結束後多留兩個小時，自己給自己特訓。學校圖書館的二十幾本網球相關教學書籍，通通被我借來研究；網路上職業選手的教學影片，我也大量涉獵，看到覺得適合自己的影片便反覆慢速重播，為自己量身打造一套客製化訓練菜單。

除了每天晚上多練兩小時，六日更是必定到球場報到，沒人使用球場，我就依我自己安排的訓練菜單照表操課，有教職員來打球，我就去後面場地打發球機，從天亮打到天黑。

我一直以為，我這麼拚命的練球，是因為我想用最短的時間追上校隊的水準。後來才發現，我是不想回家。

有某種我說不出的理由，我回到家常會覺得我的身體變得「空空的」、情緒悶悶不樂，好像少了什麼重要零件似的，即使我一直吃東西吃到撐，這種「空空的」感覺也不會消失。

青春期的變化嗎？好奇怪，我百思不解。

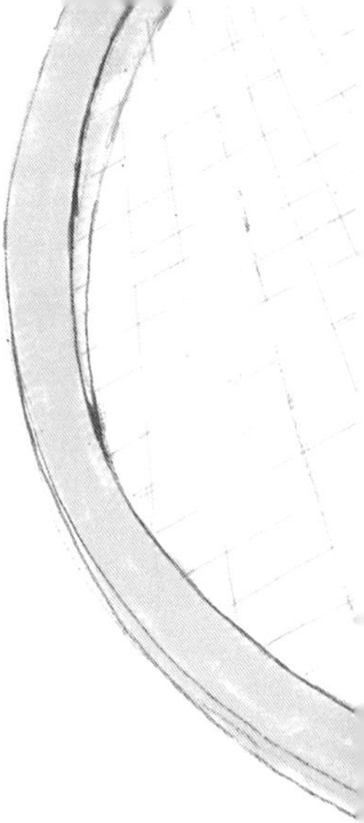

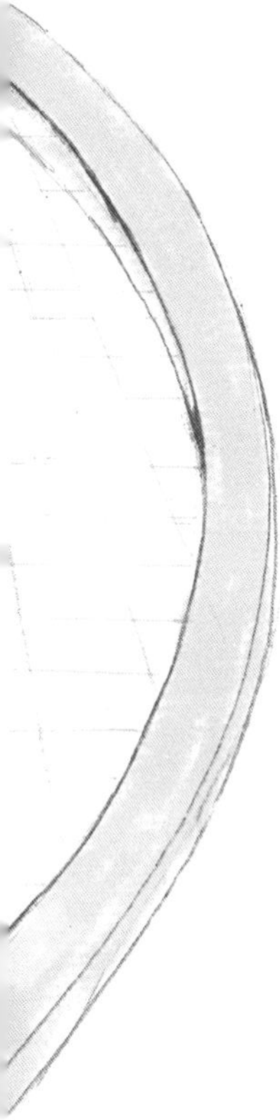

8

甜蜜點

自從加入網球校隊後，我每天早上都提早出門，六點半準時到網球場報到，趁其他隊員來之前，自己先搬發球機練習。

發球機可以固定來球的角度、方向，不斷實驗不同的動作，比較彼此間的差異。

我現在先用「西方式」握拍擊球。這是我從開始接觸網球、最早用的握拍方式，所以熟悉度最高，有信心可以打五十球、最多失誤一球。

接著我還是忍不住，嘗試用「半西方式」握拍擊球，在擊球的同時加上手腕的甩動，藉此打出上旋球。甩著甩著，手腕微微出現酸痛，我立刻停止燃燒手腕的擊球動作。

「？」省話一哥也來球場報到，省話到一個字都不說，用表情傳遞一個問號給我。

我猜他應該是問我要不要拉球、對抽，所以我點點頭，拿著球拍走到另外一個空場。

這還是我跟他第一次拉球，省話一哥一球打來，我先順順推回去，沒刻意出力。

省話一哥似乎也沒有出力，輕輕鬆鬆推回來，球落在我正拍最佳擊球點，我連半步都不用移動，回擊、將球打回去。省話一哥橫向移動幾步，再將球打回我正拍最佳擊球點。

球的落點跟剛剛幾乎一模一樣。

和豆沙包雷同，看來省話一哥也是個控球高手，為了讓我好打些，每一球都打到我最容易回擊的位置，而我還沒有能力將每一球打到一模一樣的落點，所以省話一哥都必須跑來跑去追我的球。

我跟省話一哥抽了三十幾球來回，省話一哥的實力慢慢顯現。他還是將球打向一樣的落點，但是球的旋轉越來越多、球速越來越快。

省話一哥慢慢加重力道。

看來他熱身熱得差不多了，我也開始調整正拍角度，用力「刷」球回去，瞎貓碰上死號子，給我刷出一記上旋球，球在他面前著地、彈起，省話一哥「喔」了一聲，略顯吃驚，接著用表情無聲傳送驚嘆號。

球被他打回來，我又歪打正著、用一樣的刷法再打一顆上旋球回去。這下子省話一哥臉色變了，認真回擊，也開始加重球的旋轉。當他開始認真打球、用百分之百的實力跟我對拉，雙方巨大的差距立刻顯現。

我不見得每一球都能成功「刷」中網球、打上旋球回去，只有落在我面前好打的球，我才有機會成功回擊。反觀省話一哥，每一球都穩穩擊中，不管我打回給他的球有多偏，他都能順利回擊，勁道十足。

「**甜點**。」省話一哥喊。

言。

我跟省話一哥的默契尚未建立，無法理解他跳躍式思考的簡短發

球過來，我打回去、偏了，省話一哥放下球拍，走到網前。

「球拍！」省話一哥指指我的球拍，我拿我的球拍給他。

只見他握著我的拍子，仔細觀察球拍的結構，接著平放到地上，手上的網球垂直丟向球拍，反覆試了十幾次。有幾個點網球會反彈得比較高、有些比較矮、有些區域網球根本不會彈起，我看得一頭霧水，省話一哥也不解釋，直接問我：「懂嗎？」

我搖搖頭。

他重複將網球丟在球拍上反彈的動作，又問我：「懂了嗎？」

「不懂。」我搖頭。

省話一哥再次重複將網球丟在網球拍各個不同區域的動作，丟到一個點會彈很高，丟到其他點則不會反彈。

「這樣懂了吧？」他再次問我。

「嗯，不是很確定，好像有抓到一絲模糊的概念。」我不好意思。

省話一哥再次重複剛剛所有動作，又問我：「真的還不懂？」

「嗯……這個嗎……」我想一下。

「笨。」省話一哥連罵人都省字。

豆沙包跟書生這時出現在球場，「你不解釋小胖弟當然不懂，別胡亂罵人！」豆沙包指責省話一哥。

「他表達能力不是很好，我解釋給你聽。」書生跟我說，「甜蜜點，或者稱『甜區』，是網球拍的最有效率擊球區，在這裡擊中的球最有威力，幾乎你百分之九十九的揮拍力量都會傳遞到網球上。你看電視上那些職業選手，他們每一拍都能擊中甜蜜點，幾乎不會失誤，你也要練到那種程度。」

豆沙包從校隊器材室拿出一罐噴漆，直接幫我在球拍拍面上的甜區，噴一圈約拳頭大小的記號。

「小胖弟，你試試看在擊球那一剎那，雙眼盯著球拍跟球接觸那一點，看看有無擊中甜蜜點。如果沒有，是需要往上調整，還是往下調整，偏左嗎？還是偏右？如果沒有擊中甜蜜點，你的擊球力量會分散掉，刷不出上旋球。」書生語重心長。

我照著書生的方法，接下來每一次擊球，兩眼都死命盯著球拍擊中球的那一點，在跟省話一哥對拉的過程中，我擊中甜蜜點的球越來越多，慢慢可以抓到最佳擊球區的位置。

「喲！你們三個，這麼早就來練球啊？」竹竿出現在網球場。

「小胖弟，你怎麼臉色這麼難看？看起來像快昏倒了，換我跟省話一哥拉球吧！你旁邊休息一下。」竹竿走到場中央，拉拉筋、甩甩手腕。

我是真的快昏倒了，讓來球從身邊掠過，我臉色慘白、腳步沉重地退到一旁，看隊長跟省話一哥抽球。

我發現，有沒有擊中甜蜜點，光聽擊球聲音就知道。

一開始，竹竿還在熱身，動作有些僵硬，擊球聲都是悶悶的「噗」聲，而省話一哥早就熱開了，擊球聲都是清脆的「啵」聲。

不過五分鐘以後，兩邊的擊球聲都變成清脆的「啵」聲，而且像是把音量旋鈕越轉越打大、越來越大聲，到最後出現全力擊球才會有的分貝。

我坐在場邊喘息。

竹竿跟省話一哥的經驗非常豐富，所以雙方的移位很流暢，對來球的判斷很精準，幾乎都沒有浪費半步就能跑到定位擊球，節省很多體力。

我雖然學了單打位移腳法，但是因為經驗不夠、對球的落點掌握不夠精準，常會出現跑過頭、或是跑不到位的情況發生。

「還需要多加練習，」我喃喃自語，「我需要更多的拉球經驗，練習時間要再加倍。」

網球跟其他運動類似，從初學者進步到八十分的中級選手，可以快速達成。然而，從八十分要進步到九十分的進階選手，則需要花費一百倍以上的心力。現在是我進步最快的時候，幾乎每多一次練球，都可以感覺到自己球技的成長，真是太有成就感了。

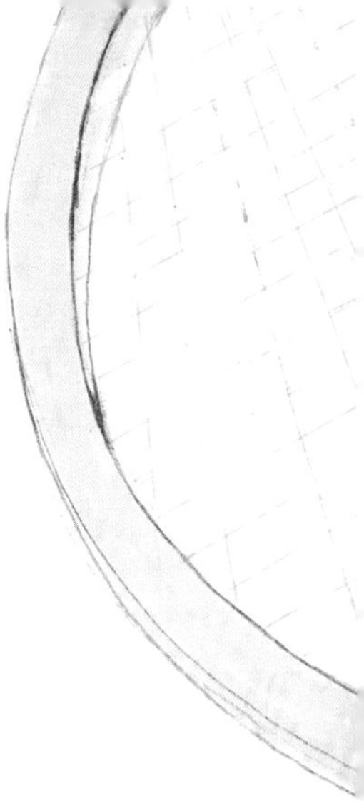

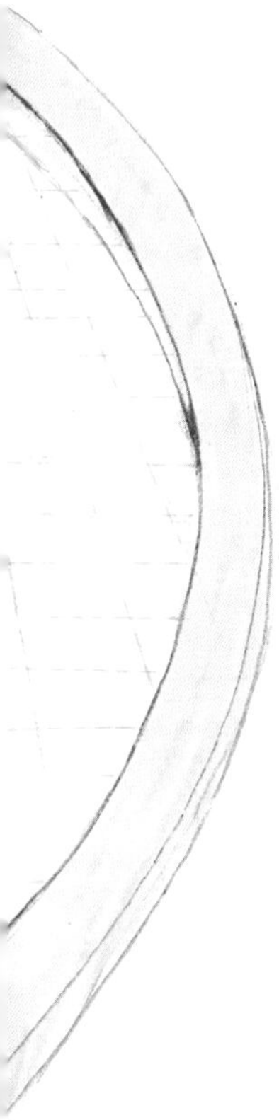

9 平擊球的祕密

「那天要大家寫作文，題目是關於自己的興趣嗜好，我想要確認一件事情，」導師目光盯著我看，似乎在憋笑，「賈詩書，你寫說『我的嗜好是打網球』，老師想問，什麼是『網球』？是指小鋼珠嗎？柏青哥？」

老師說完，全班瘋狂大笑，拍手、拍桌子的、捶牆壁、敲窗戶的、踢椅子、猛力搖同學的，整間教室像發生示威暴動，激動三十幾秒才漸漸停歇。

「喔，我寫錯字了，是網球啦。」我不好意思。

「那就好，柏青哥是賭博性電玩，如果你的嗜好是打小鋼珠，那我就需要跟你父母約時間面談了。」導師說，「老師不會打網球，但是喜歡看電視轉播的大滿貫公開賽，看他們打球有種很優雅的感覺。網球以前是歐洲貴族才能從事的運動，重視禮儀與規則，連觀眾都會盛裝出席看比賽，昨天澳網決賽上演瑞士特快車費德勒對戰西班牙蠻牛納達爾，非常精彩……」

原來老師也是網球粉絲，滔滔不絕的細數喜愛的選手與經典賽事，講了快十分鐘才開始上課。

晚上校隊練球時間，我去球場的時候，除了古教練，全員已經到齊，蓄勢待發。

放下書包，我想起來今天是跟和平國中網球校隊友誼賽的日子。轉頭四處張望，果然看見幾位沒見過的生面孔，三三兩兩坐在場邊吃香蕉。

沒多久，古教練也到了，跟對方的球隊教練握過手、寒暄幾句，場面話交代過後，準備開始比賽。

「你會不會站球僮？」古教練問我。

「會，沒有問題。」我回答乾脆。

當球僮站在場內幫忙撿球，反而看比賽看得更清楚。

友誼賽規則比較彈性，為了增加隊員練習機會，古教練跟和平國中網球隊教練協調，比賽規則採用五點三勝制，單雙單雙單，第一、三、五場打單打，第二，四場打雙打，選手可重複。

第一場單打比賽由竹竿負責，比賽才開始五分鐘，大家就都知道比賽結果，畢竟竹竿是我們隊裡的第一把交椅，過去都是負責打壓軸的第五場單打，現在對上和平國中的副隊長，竹竿還是氣勢如虹，勢如破竹。

和平副隊長的發球很快、但是進球率不高，所以第二發球都會被竹竿用正拍強力擊球回去、得分，雙方幾乎沒有太多來回抽球的場面。

只要對方球一軟、竹竿立刻重心向前、猛力擊球，球著地後沒有多大彈跳，直接打滑出場，讓對手望塵莫及。

我看傻了眼。

竹竿打的絕對不是上旋球。

是什麼球我也說不上來，但是速度很快、第一時間就出手擊球，對方站位不佳的話連球的邊都摸不到。

我可以很確定，竹竿的攻擊球連一丁點的旋轉都沒有。這驚人的發現，讓我在後段比賽完全失了神。

我從接觸網球到現在不過幾個星期，每天都在苦苦思索如何增加正拍擊球的旋轉度、讓球轉更多圈、著地後跳得更高，現在看到竹竿在實戰中完全不打上旋球，就好比有人叫你吃東西前不要洗手一樣，我習以為常的道理突然變了調。

竹竿理所當然贏了第一點單打，第二場雙打和平國中獲勝，所以現在比數是一比一平手。

我從第一場竹竿單打比賽之後，就沒有心思觀戰。

仍然是站在場邊撿球，但是看到竹竿在比賽中不打上旋球，我深受震撼，同時產生很大的失落感。我一直以為，打出的球是越旋越好。花了那麼多心血、千方百計的試圖「刷」出上旋球，現在忽然間失去燈塔、找不到練習的大方向。

這時候竹竿上場站球僮，要我去旁邊休息一下、喝杯水。

「幹嘛苦瓜臉？看我贏球你不高興？」竹竿真是哪壺不開提哪壺。

「你剛剛贏得那麼輕鬆，正拍抽球一點旋轉都沒有，那是怎麼一回事啊？」我忍不住問。

竹竿笑笑，指著場上第三場單打的書生，「你等著看吧！我再跟你解釋。」

書生跟和平第三場單打選手，雙方都是上旋球打來打去、沒完沒了。

書生用西方式握拍，和平選手是用半西方式握拍，但是兩邊打出的球旋轉程度不相上下，形成底線抽球大戰，隨便一球都是十次以上的來回。

同樣的時間，竹竿早就解決掉和平副隊長兩次了，現在書生他們卻只打了四局。

「懂了嗎？還是不懂？」竹竿問我，我搖搖頭。

「我剛剛一看到機會，就試圖打出致勝球、直接得分。我打的是『平擊球』。」竹竿握著球拍，秀給我看平擊球的握法。

「平擊球的擊球點是在網球彈起的第一時間，不是一般上旋球的彈跳最高點擊球。所以，剛才比賽一開始，我發現對方的球旋轉度不夠、讓我很好攻擊，我就直接打出平擊球，節省體力與時間。如果對方能打出很強的上旋球，我也沒辦法打平擊球回去，怪就怪對手的**東方式握拍**，很適合上網截擊，但底線抽球威力有限。」竹竿說了一長串，我似懂非懂。

「楠哥寫的程式，『**問問賈葉楠**』，教我很重要的一個觀念，就是戰術要靈活，隨時在比賽中修正。我看到對手的握拍方式，立刻改變戰術，利用球路相剋的道理增加贏球機會。如果我對上的是現在和平這位，你看他打出的上旋球很有威力，我也會先用上旋球打回去，再慢慢找機會攻擊，不會一開始就拚命打平擊球。」竹竿繼續說。

我看看場上的書生，他的戰術就如竹竿所述，用上旋球將對手的上旋球抽回去，等到哪一球對手的擊球比較軟弱無力、再轉握把打平擊球攻擊。

書生已經滿頭大汗，對手也是氣喘連連。

這一場單打比賽，肯定會將兩人的體力消耗殆盡。

最後書生還是技高一籌，拿下第三場單打，然而好景不常，雙打是和平國中的強項，第四場雙打和平國中再度取得勝利，二比二平手。

豆沙包上場。

負責第五場單打的豆沙包，背負最終成敗關鍵。我跟竹竿交換，讓他下來休息，我上場站球僮。

比賽開始。

和平國中校隊隊長先發球，第一發就掛網，二發是側旋發球，將豆沙包拉出場外，勉強擋回去，球呈現高拋物線，落回對方球場，對手猛地一揮、球壓在底線得分。

好快。

我站在場邊撿球，不寒而慄。

豆沙包連動都沒動、眼睜睜看和平校隊隊長打出致勝球，威力十足。

「這是平擊球嗎？好快啊……」我不敢置信。

沒兩下子，和平隊長發球得分、拿下第一局。男子大滿貫網球比賽都是五盤三勝制，但是國內的團體賽單打只比一盤，誰先拿下六局比賽就結束，對發球好的選手很有利。

輪到豆沙包發球。第一球掛網，偏差得有些離譜。第二球發進，但是對手一步上前、用力一揮，球打回豆沙包腳邊，和平領先。

刻意放慢節奏，豆沙包轉頭看看古教練有何指示。

古教練摸摸膝蓋再摸摸頭，要他多用點大腦、膝蓋要蹲，擊球穩些。

豆沙包在第二發球區發球，一發雖然發進，但是和平隊長早就前進一步等在那裡，膝蓋一蹲、腰一轉，正拍甩出，又是平擊球得分。

我深呼吸一口氣。

心跳加速。

這種感覺，就像是抽中最大獎的瞬間，讓人腎上腺素分泌。

「我知道了！」我握緊拳頭。

眼睛不再看豆沙包，我全神貫注的觀察和平國中校隊隊長的擊球姿勢。

當他在打出平擊球前，除了拉拍、轉肩、轉腰、甩動手腕之外，他比竹竿的平擊球又多了一處蠻力來源。

右腳猛力蹬地。

「磅！」又是一記致勝球得分，豆沙包面臨被破發球點。

原來，和平隊長那如野獸般的強力正拍，是靠著右腳使勁往地上蹬、將力量在擊球瞬間傳達到球拍上，連一丁點的力量都沒有浪費，平擊球的速度快得嚇人。

「怪物耶……」豆沙包不敢置信，又被對方的平擊球得分，局數二比零落後。

這根本就是竹竿那場比賽的翻版，雙方實力差距頗大、球路相剋，和平校隊隊長跟竹竿一樣毫不客氣的用平擊球狂取豪奪，讓比賽呈現一面倒的驚人氣勢。

豆沙包慌了手腳。

又輪到對方發球，對方似乎身體熱了，發球越來越穩、越來越快，連續兩球發球得分，都是第一發就進球，豆沙包想回擊也無法及時趕到位置。

發球、擋回去，豆沙包總算碰到球，但是立刻被對方的正拍抓到，橫掃回來，又是致勝球得分。

再一記側旋發球發向外角，又是發球得分，和平國中拿下第三局。

豆沙包這時候兵敗如山倒，連我這球僮都看得出來，豆沙包已經變成練拳頭的沙包、只有挨打的份，失去奮戰的力量。

打回對場的球，只要稍微中間一點，立刻會被對方打出致勝球。

豆沙包完全洩了氣，眼神渙散，注意力已經沒有辦法集中。

很快的，比賽結束，局數六比零，豆沙包被和平校隊隊長剃光頭，三局發球局都保不住。最後盤數三比二，和平國中獲勝，所有球員都上前一一握手，送走和平網球校隊後，全員留下來開檢討會。

豆沙包還在恍惚狀態，雙方巨大的實力差距，讓他連回神的勇氣都沒有。

「沙包，開檢討會了，你快過來吧！」師爺已經改口叫他沙包。

隊長竹竿將大家集合好後，古教練親自去幫沙包收驚，遞給他一瓶礦泉水，「這瓶是我加持過的能量水，先喝一口壓壓驚。」

豆沙包呆滯的接過能量水，喝了一口就因為能量太強，嗆到不斷咳嗽。

「那小子又進步了，就算今天是我跟他打，我也沒信心一定能打贏。」竹竿吞吞口水安慰豆沙包。

「看來今年全國中等學校網球錦標賽，最大敵人會是和平國中。」古教練說，「他的平擊球又快又狠，不管落點、就是一個勁的使力，只論球速跟力道，他的平擊球比他們教練還有威力。」

「第一場單打，竹竿勝。第二場雙打，竹竿搭配師爺，負。第三場單打，書生勝，第四場雙打，省話一哥搭配師爺，負，第五場單打，豆沙包，慘敗。負責雙打的人，加油，好嗎？」古教練說。

「對方故意試探，所以我沒有盡全力，還刻意誤導他們情蒐。」專攻雙打的師爺解釋，「和平國中聽說過『問問賈葉楠』這套系統，但是不清楚實際功效如何，所以他們今天雙打的戰術一直變換，想測試看看我們會不會把電腦搬出來，現場占卜問卦一下。」

大家聽到這裡都笑了。

「他們不知道系統很久沒更新了，小胖弟，回去請小楠再來幫我們維護一下程式吧！」古教練說，「今天大家都累了，小胖弟沒上場比賽，現在最有力氣，你去對面跟我拉球，大家認真看，我示範和平隊長的平擊球。」古教練又說。

我跟古教練開始拉球，在對抽的過程中，我發現教練漸漸減少球的旋轉，我轉一下握把，蹲得更低，企圖打出上旋球，沒想到一個失誤，一球打到拍框，球緩緩飛到對場中央，變成古教練的機會球，只見古教練倏地穩住、轉握把、半蹲膝蓋、拉拍，接著立刻轉肩、轉腰、右腳狠狠往地上一蹬、猛力甩動手臂，「砰！」像槍枝走火般巨大的擊球聲，擊中甜蜜點，球快速的在我右手邊著地打滑，我連拉拍都來不及。

大家全張大嘴巴、難以置信。古教練這球快到不可思議。

「聽清楚囉，野獸般擊球力量的祕密在右腳蹬地，藉著右腳對地面施力，將反向力量傳遞到球拍甜蜜點。我不要求你們練這種野獸正拍平擊球，我只是把其中的祕密告訴你們，才不會被對方唬住了，心生怯意，竹竿變竹筍，肉包變菜包，師爺變師奶，書生變畜牲，省話一哥變……省話二哥，」古教練看著豆沙包，「說穿了一文不值，就是轉握把、拉拍、半蹲、轉腰、轉肩膀、腳蹬地、甩小臂、牙根咬緊，球拍握緊，別甩飛出去了，這過程中力量流失越小、力量傳遞越順暢，球的威力就越大。」

「平擊球就像用拖鞋打蟑螂，一拍沒打死牠，牠就會痛得追著你滿屋子亂飛、嚇得你叫爺爺、叫奶奶，所以務必傾全力一擊斃命。」竹竿補充。

這道理我懂。

網球最常使用的球路不過三種，上旋球、切球、平擊球。上旋球與切球都是利用拍面與球的摩擦力製造大量旋轉，讓網球向著行進方向正旋或是逆著行進方向倒旋。而平擊球彷彿拿著拖鞋、用盡全力將蟑螂打扁，力量的傳遞非常線性、直接，打出的球一圈都不轉。

想當然爾，毫無旋轉的平擊球，容錯空間小，進球率低於上旋球。但是一旦打進，破壞力也是遠大於上旋球。

「我把魔術師的機關公開，你們就不會再上當了，就像我常講的……**沙包！不要垂頭喪氣！**你說一下，我的座右銘是什麼？」古教練發現豆沙包低著頭、一直看地上，故意問他。

「能混就混，不要太認真。」書生搶答。

「**不是這一句！**」古教練斥喝。

「雖然我們不能改變世界，卻可以假裝沒有看見。」竹竿接著說。

「**也不是這一句！**」古教練笑罵。

「如果有小孩，家裡就要養狗，才能讓小朋友提早學會面對生離死別的痛苦。」師爺補充。

「什麼跟什麼？**跟狗沒有關係！**」古教練快昏倒。

「校長來了。趕快練球。」省話一哥湊熱鬧。

「**更不是這一句、這才不是我的座右銘……**真的假的？校長在哪？」古教練還緊張的左右張望，回頭確認。

「可以沒有球技，不能沒有球品。」豆沙包終於開口說話了。

「沒錯！球品永遠高於球技！終於有人講對了！」古教練欣慰，「球品就是勝不驕，敗不餒，技不如人再練就好了，找出問題，解決問題，繼續苦練。你們往後的人生還會遭遇許多挫敗，要記住勝敗乃兵家常事，即使屢戰屢敗，也要保持樂觀，相信自己，屢敗屢戰。」

忽然間，古教練表情變得嚴肅，「事實上，你們往後的人生，**遭遇的挫折會比今天打輸比賽更慘烈一萬倍以上**，這就是殘酷的、真實的悲慘世界。你們現在就要從各式各樣的挫折中，培養起面對失敗、從困境中求生的能力。被打趴了，就想辦法一邊止血、一邊站起來；被騙了，就汲取經驗，不要再上當；被拋棄了，就抹去眼淚，抬起胸膛繼續找尋真愛；被出賣了，下次就睜大眼睛挑選朋友。這才是真正的『有球品』。好了，時間也晚了，跟你們分享我另外一句座右銘，『打輸睡一覺，通通都忘掉！』大家回家注意安全，今天練到這裡，解散！」

當大家又一哄而散，我依舊一個人留下來獨自訓練。我現在這個階段，多練球一小時的效果，比其他隊員多練一千小時還巨大，因為我是初學者，進步的空間無限寬廣。

我每天多練兩小時，星期六、日各打五小時，加起來一週我比其他人多練二十小時的球。少兒球員一年大約練球四百小時，如果網球像加法那麼容易，照這樣計算我可以在三個月內達到球齡一年的水準。再加上我先天的運動條件非常優秀，又可以自由運用校隊的資源，一年內我就有機會追到三年以上，甚至四年的球齡水平。

當然，也有可能是自我感覺良好、自以為是練武奇才，或者是我數學不好，算錯了。後者的可能性好像還高了點。無論如何，沒有人可以強迫我這麼努練的訓練，除非我是真的熱愛這項運動。

我跟網球之間，算是「**真愛**」吧？

「……被拋棄了，就抹去眼淚，抬起胸膛繼續找尋**真愛**……哈哈哈……」我壓低嗓門、下顎向前凸，模仿古教練的語氣，戲謔的一邊念詞兒，一邊忍不住笑場，「古教練應該是在說自己的故事……」

「小胖弟！留下來練球是好事！在背後嘲笑教練就沒有球品了！」古教練忘了拿東西，繞回球場聽到我自言自語，嚇唬我來著。

看我嚇到跳起來，古教練哈哈大笑，「別練太晚，回家注意安全啊！」揮揮手離開球場。

10 側旋發球

「哥，你在忙嗎？」哥哥回家後，我衝進他房裡找他。

「對啊，忙新的研究計畫。」

「今天古教練要我問你，何時有空來幫我們更新一下『問問賈葉楠』？」我想到。

「我更新沒用啊！是你們要成立情蒐小組，去蒐集對手的資料回來輸入系統，我能做的頂多就是調整參數，增加幾條球路相剋的規則，而且我最近真的太忙了，有空再說吧！我要工作了，出去出去！」哥哥把我轟出房間。

下午放學後的校隊練習時間，豆沙包頭低低的走進球場，書生看到後跟竹竿使個眼色、再看我一眼，眨眨眼睛。

「豆沙包，你看竹竿的臉，有什麼不同？」書生問。

「啊？喔，我看看，好像豆子變多囉！」豆沙包回道。

「竹竿，你臉上長那麼多青春痘，一定是沒有好好洗臉。」書生消遣竹竿，把我也牽扯其中，「你看小胖弟的臉，白白嫩嫩，看起來像用牛奶洗臉似的。」

「你什麼意思？他用牛奶洗臉，難道我用王水洗臉嗎？」竹竿反駁，「啊我就青春洋溢，青春痘一直長我也沒辦法。」

豆沙包聽到、在一旁傻笑，看來他睡一覺後又重新開機，恢復開朗。

「今天練練發球吧！」大家跑完步、結束自由對抽熱身，古教練宣布。

所有校隊隊員分成兩邊，一邊開始不斷發球，另一邊則是一直練習接發球。

我既不會發球、也不會接發球，不知道站在哪一邊，乾脆先退到一旁，看清楚再說。

竹竿站在第一發球區，球一拋、球拍從頭頂上方向前甩出，立刻將球發到對場的中線T點，練習接發球的是書生，來不及反應、揮了個空拍。

第二發球區的省話一哥跟著發球，接發球的是師爺，師爺毫不客氣的將省話一哥軟弱的發球強抽回來，省話一哥回擊的時候掛網。

「小胖弟，你來後面練習。」古教練把我叫去球場後的圍牆區，「你完全不會發球，會耽誤校隊的訓練。我教你基本的發球姿勢。」古教練拿著球拍，開始示範。

只見古教練先將球往地上拍幾下，「這個動作是為了紓解發球前的緊張情緒，放鬆肌肉，同時檢查網球的氣夠不夠。」

這道理我懂，對發球的一方來說，球的氣越飽、發球的速度會越快，對發球的一方越有利。

「比賽的時候，如果有兩三顆球可以選，要挑比較硬的球。假設球都很軟，就全扔一邊，要球僮再丟球過來，或是換新球。」古教練接著講，「左手托球，將球高高拋起，要做到每次拋球都能拋到同樣的高度、位置。」說完將手中的球往上一拋、拋在左腳尖正上方約三公尺處。

再拋一次，還是拋在一模一樣的位置。

「能將球拋在固定的位置，就能控制發球的種類。我現在拋在左腳腳尖上方的位置，發出來的球會是側旋發球。如果將球往後拋一點，拋在我腦袋後方一點，那發出來的球會是上旋發球。往前方拋一點，是準備發平擊發球的拋球位置。」古教練詳細說明，「側旋發球比較適合你，很快就能學會。跟平擊發球比起來，側旋發球進球率高，失誤率低，是最好上手的發球種類。」

古教練站在我旁邊，一步一步的詳細指導，同時調整我空揮的動作。

「左手拋球、右手舉起球拍，同一時間雙膝彎曲、腰向右後方微微旋轉。身體是一個大彈簧，你要用力前，必須先從反方向扭曲身體。」古教練繼續示範身體的動作。

我開始練習。

發球跟抽球不一樣，發球動作比較複雜，必須分解開來熟悉，因為發球比較容易產生運動傷害，姿勢不正確會造成肌肉拉傷，所以連最基本的拋球、舉拍、屈膝轉身，都必須反覆調整。

練著練著，古教練去前場看看，我繼續在後面圍牆練習發球基本動作。

初學者的好處就是沒有任何不良的習慣動作，更要確保在一開始就練習最正確的姿勢。

沒五分鐘古教練又走回後面來看我練習，解釋球拍接觸球的分解動作，同時檢查一下我的發球動作，怕我姿勢走樣。

「拍子是從網球的右半邊削過去，讓網球帶有橫向的旋轉。」古教練抓著我的持拍手腕，緩慢的繞了一次發球的球拍擊球軌跡，在我身體右側畫了一圈大圓。

「看到沒？側旋發球不是瞄準球的中心點，而是瞄準網球的右半邊，將球切進對場發球區。」古教練抓我的右手再繞一圈，「去前面第二球場練習，姿勢別跑掉。」古教練說完走回第一球場指導其他隊員。

我推了一車網球到第二球場，準備練習側旋發球，豆沙包見狀跑過來湊熱鬧。

「小胖弟，你練你的發球，我去對面練接發球。」豆沙包拋下一句，小跑步去對面球場。

我聳聳肩，左手拋球、右手將球拍舉到肩上，身體半蹲著等球到最高點，落下的那一刻雙腳一蹬、球拍揮出。

拍。

完全沒有打到球。

球在我頭頂彈了一下，樣子說有多蠢就有多蠢，我揮了個大空拍。

豆沙包在對面笑得可開心了，拿球拍指著我的臉大叫，「好一記頭錘！」

不理他，我繼續練習。

發球如果這麼好學，古教練也不會排在最後才教我了。

拋球、右手高舉球拍過肩，這次我沒有屈膝，只是先試著碰到球、揮出球拍。球拍輕輕刷到網球的右半邊，球在空中拉出一道傾斜的半圓形弧線，落在豆沙包前方三步的有效發球區內，他立刻用正拍將球打回來。

「不錯，有點樣子了。」豆沙包讚道。

我再多試了幾次沒有屈膝的簡化發球，想要多掌握一些球拍在頭頂上方擊中球的感覺，師爺看不下去，出聲制止。

「小胖弟，試幾次就好，別養成習慣。膝蓋一定要彎，才能利用躍起的力量增加發球的旋轉與球速。」師爺表情嚴肅叮嚀我。

「不然你會習慣發這種軟弱無力的安全球，球是一定會發進，但是沒有攻擊性。」書生在一旁幫腔。

「好，我知道了。」我說完，重新開始練習發球。

左手拋球、右手舉拍的同時，我半蹲身子彎曲膝蓋，身體微微向右後方旋轉扭曲，雙眼直盯著球。當網球從高點開始下落，我將累積在身體關節的力量釋放，甩動球拍擊中頭頂上方的網球，將球發向對場。

出界，球沒有進，但是力量完全傳遞到網球上，感覺很痛快。

「很好，球再拋高一點點，比較容易發進。」豆沙包站在對面，幫我看看發球姿勢。

我又拿了一顆網球，左手將球拋起、握著球拍的右手高舉過肩，雙腳半蹲，在球落下的時候啟動發球動作，從背後向上甩出拍子，削向球的右半邊。

球發進了，壓在發球區外側，由於是側旋發球，著地後又繼續向球場外轉出去，讓站在對面的豆沙包揮了拍、但是搆不著球。

「好球！」古教練看到這一球。

「厲害喔，這球發得漂亮！是真的學會，還是誤打誤撞？」豆沙包笑罵。

我沒理會他，繼續發球。

抓到球感的時候，千萬不能停。一定要繼續練習，將這偶然間的一記漂亮Ace球深深印在腦海裡，讓往後的日子都能複製成功發球模式，一球接一球的發出漂亮的側旋發球。

等我將一車的網球全都發到一顆不剩，已經是晚上六點半。

「集合！」隊長把大家聚在一起，等古教練宣布事情。

「下星期跟新竹來的貴人中學打友誼賽，對方遠來是客，務必全力以赴，拿出你們的看家本領，讓他們見識見識。小胖弟，你發球多練練，我看情況安排你上場。今天練到這裡，解散！」

我又故意慢慢摸，等大家都走了，我留下來再自我鍛鍊兩小時。

能加入網球校隊真是太好了，自主訓練的資源非常豐富，發球機可以打到飽，球場二十四小時開放，半夜想打球，燈一開比白天還亮，連我今天想練發球，都有一兩千顆的練習球讓我發球發到手軟。如果不加入校隊，還真不知道要花多少錢在網球訓練費用上。

11 晴天霹靂

這天放學後，我第一個到球場暖身。

拉拉筋、壓壓腿，我看見我的爸媽居然來到網球場外，拉開鐵柵欄走進來。

我不知所措。

這時古教練也來到球場，眼睛腫得像雞蛋般大，看似哭過。

「你哥一直沒有打電話給我，所以我主動聯絡小楠，打他手機，發現已停話。打電話到你家，聯絡到你爸媽，才知道小楠半年前出車禍，到院前就已經……」古教練說到這裡，泣不成聲，「……我……居然……沒有去送……小楠……最後一程……」古教練突然間崩潰大哭，我嚇傻了眼。

「古教練，對不起，我們夫妻倆太難過了，心力交瘁之餘，沒有幫小楠辦公祭，只有家祭，參加告別式的都是至親，還請教練原諒……」爸媽向古教練微微鞠躬致歉，我看到媽媽拿手巾擦拭眼角。

「神經病，我昨晚還是前晚才看到我哥，他還說要工作了，把我趕出他房間，你們瘋囉？」我異常憤怒，氣到超過正常的程度，兩手握拳、劇烈顫抖，兩腳一陣酸麻。

「弟弟，你每天都跑到哥哥的房裡自言自語，把我跟你媽嚇得半死，哥哥已經走了，五個月前被酒駕的人渣撞死了，如果不是放不下你跟你媽，我一定要親手處理那個……」爸爸咬牙切齒，煮麵、拿菜刀切小菜的手緊緊握著，雙眼布滿血絲，一片殷紅。

哥哥的聲音還在我耳邊迴盪。

「汀州實驗小學有一個六年級的小朋友，養了十年的來福死掉了，他因為太傷心，大腦自動產生防衛機制、保護主體，讓他暫時忘記他的狗已經死掉的事實，反而每天還跟想像出來的狗玩耍，把他爸媽嚇壞了。其他人都看不見來福，只有那個弟弟自己看得見，一個人跟空氣在地上打鬧、滾來滾去。」

我全身發冷，墜入冰河。

浩瀚無垠的巨大悲傷迎面襲來，一股無與倫比的憂鬱海嘯將我淹沒。

無處可逃的我，被動的站著，等待自己粉身碎骨。

「人的大腦是很神奇的，狗死掉跟家人去世一樣難過，若弟弟的大腦判斷目前個體還未發展成熟、無法承受劇烈精神打擊，就會選擇暫時不接受現實，冷凍記憶，拖延戰術，試圖避免產生永久性創傷。」言猶在耳，這是哥哥和我最後一次的對話。

五個月前。

我想起來了。

一陣椎心刺痛。

哥哥永遠離開我了。

咕咚。

我兩腳一軟，坐在地上，意識清醒。

保護機制起了作用。

我原本應該會因為太過悲傷而失去意識，昏倒的時候頭部撞地，不是摔得鼻青臉腫，頭破血流，就是腦震盪。

而我現在只是坐著，靜靜的被抽乾，等待自己被抽到一絲不剩，進入真空狀態。

這種感覺很詭異，就像大夢初醒的混沌，我作了一場長達五個月、關於哥哥還活著的夢，卻在被點破的剎那間清醒，接受哥哥辭世的現實。

耳邊傳來淒厲的哭聲把我拉回這個世界。

左右張望，竹竿跪地痛哭，大喊大叫，「……怎麼會這樣……怎麼會這樣……我好難受……我……不能呼吸了……楠哥……我怎麼不知道……好想再見你……嗚嗚……最後一面……」他用拳頭猛捶網球

場上的紅土，捶到破皮，已經分不清是紅土還是他的血。

書生跟師爺一把鼻涕一把眼淚，跟古教練三人抱在一起痛哭流涕，師爺嘶啞著，「……怎麼會這樣……怎麼這麼突然……我胸口好痛……我……不能呼吸了……」

「……怎麼沒有通知我……送楠哥……最後一程……為什麼我會……這麼難過……我也吸不進空氣……」書生也低吼著。

「我也……喘不過氣……你們兩個……手鬆一點……快勒死我了……別抱那麼緊……」古教練臉紅脖子粗。

這時竹竿爬起身，走到我父母面前，上半身肌肉緊繃，青筋暴露，語氣凶狠，「喂！楠哥的爸媽！不通知楠哥的朋友參加告別式，只舉辦家祭，這是楠哥的意思，還是你們的意思？」

「對呀！我們也想給楠哥磕個頭，上個香，你們不幫楠哥辦公祭，是什麼意思？」師爺也湊上前。

「**住口！耍什麼流氓！**」古教練怒斥師爺跟竹竿，轉頭向我爸媽賠罪，「多有得罪，請原諒他們，小楠是他們的偶像，一時之間無法承受打擊……」

我爸搖搖頭表示不介意，媽媽點點頭表示理解，兩人都忍不住啜泣，爸爸摟著抽抽噎噎的媽媽，竹竿跟師爺已經又和書生三人抱頭痛哭成一團。

「……楠哥……你顯個靈……誰撞死你的……我來處理……」竹竿越哭越失控，書生跟師爺也是哭得面無血色，只怕立馬要昏倒，我這個時候站起身，走過去扶住書生。

「哥哥的骨灰罈放在烘爐地附近的中和納骨塔，如果你們願意的話，我帶你們去給哥哥上香。」我輕輕的吐出這幾句話。

告別式不只是辦給往生的人，更是辦給活著的人，讓他們能夠放下心中的哀痛與不捨，接受摯友親人辭世的事實。

我看竹竿、書生，跟師爺這麼掛懷沒能見到哥哥最後一面，自作主張提議，他們三人立刻跳起來說要去。

古教練看了看豆沙包跟省話一哥，「你們不認識小楠，不去沒有關係。」

「我要去。楠哥是小胖弟的哥哥，我去給楠哥上香。」豆沙包說。

「我會怕。我留守。」省話一哥不去，大家都點點頭表示理解。

於是古教練開車，載著竹竿、書生、師爺、豆沙包，跟在我爸媽的車後面，一路開到中和納骨塔。

我領著大家走到哥哥的塔位，打開櫃子的門，抬頭看著哥哥骨灰罈上的大頭照，笑容燦爛，充滿自信的嘴角微微上揚，大家都各自默默跟哥哥告別。

書生看到哥哥骨灰罈上的遺照時情緒又失控了，趴在地上嗚咽，

「……楠哥……你幫我打贏了……七個比我厲害的……對手……現在你走了……我再也無法靠戰術打贏……實力比我堅強的……選手了……」

聽到書生的嗚咽，竹竿跟師爺也趴在地上痛哭流涕。

「楠哥……你是資優生……卻不會瞧不起我這個體保生……我會永遠記得是你教我……用腦袋打球……」師爺也哭得稀里嘩啦。

「……楠哥……謝謝你……讓我知道……網球的英文……是baseball……」竹竿成績一塌糊塗，英文更是亂七八糟。

「網球的英文是basketball啦……丟人現眼……」書生罵竹竿。

「網球的英文是badminton啦……不懂裝懂，還好意思糾正別人……」師爺罵書生。

「網球的英文是tennis啦！我哥才不會亂教，你們汙衊我哥，小心他晚上去幫你們補英文！」我恐嚇他們，接著低頭默禱，「哥哥，你比我大七歲，爸媽麵攤生意又忙，小時候尿布都是你幫我換的，還要幫我用奶瓶泡牛奶，謝謝你一直以來對我的照顧，你不只是哥哥，還有很大一部分取代爸媽的角色，我給你磕頭合情合理，我想，我加入網球隊，一定是你的安排！」

我趴在地上，胸口一股難以言表的深沉憂鬱讓我吸不進空氣。

我想到哥哥剛滿二十歲，就能在系統建置、程式編碼小有成績，如果讓哥哥活到八十歲，或許他會有改善全人類生活的了不起貢獻或發明。

然而現在他已經火化，變成粉末裝進骨灰罈裡，酒駕肇事撞死他的垃圾卻仍然在世界上某個角落持續的活著，呼吸著空氣，不斷進食與排泄，或許正在看著電視，或許繼續與朋友飲酒作樂，吃著熱炒或薑母鴨，這是什麼道理呢？

誰來告訴我，這是什麼道理呢？我不懂。

我只知道，肚子裡堆積的憂鬱和仇恨起了化學反應，已經滿溢到我胸口、再湧出喉頭。

我要爆炸了！

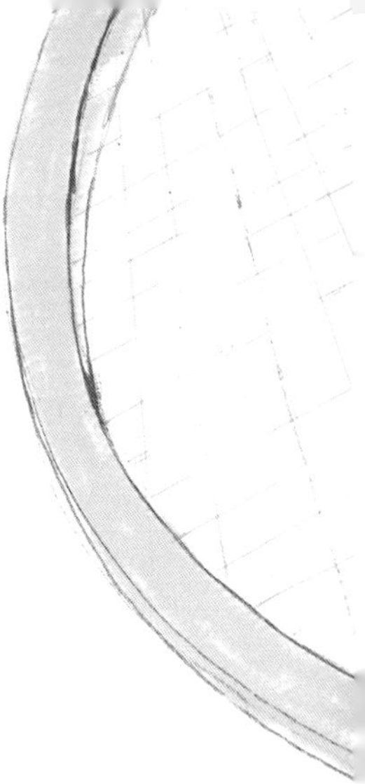

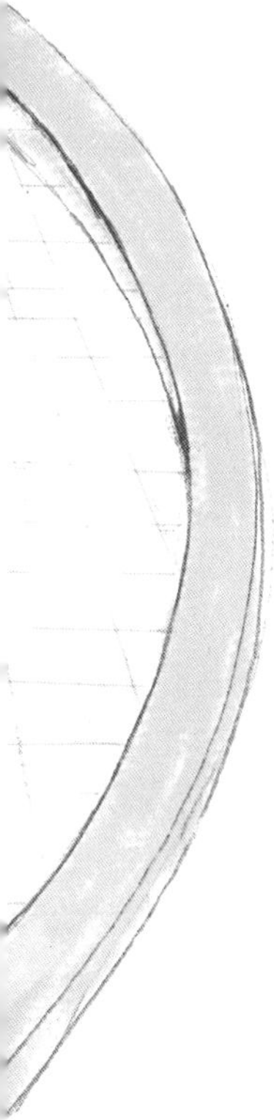

12

發洩

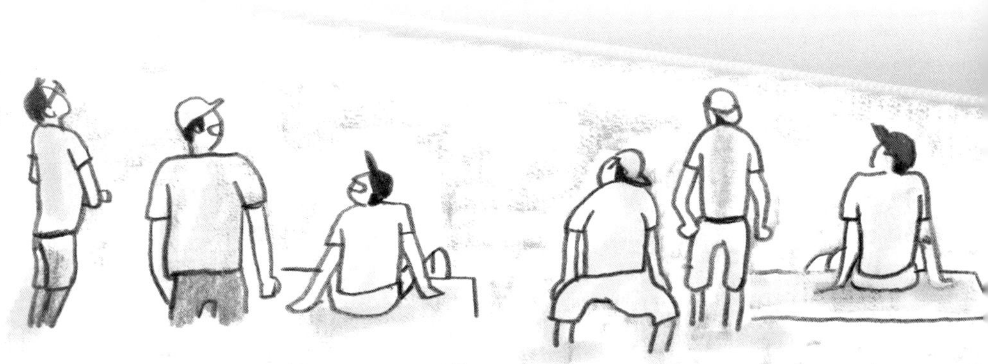

跟著爸媽回家，經過哥哥的房間，我停下腳步。

爸媽對望一眼，媽媽緊張的牽住爸爸的手，爸爸則是屏氣凝神，兩眼直盯著我看。

我推開哥哥半掩的房門，看著哥哥書桌前空空的座椅，心裡有數，今後不會再看到哥哥出現了。

畢竟我的青春，就算不是色彩繽紛的童話故事，也不是鬼故事。

「弟弟，我跟你爸都很支持你打球，今天古教練給我們的家長同意書也簽了，你好好努力，我相信哥哥一樣也樂見……你能找到屬於……自己的一片天空……」媽媽說著說著又哭了。

「媽媽，我知道妳為什麼一直哭，因為我現在是妳最聰明的兒子了。」我挖苦她。

媽媽破涕為笑，笑罵：「亂說一通！」

「弟弟，不要亂講話，我跟你媽一視同仁，就算偏心也都放在心裡，沒有表現出來。」爸爸不打自招。

「不要緊張，你們把我養大，沒讓我少吃一口飯，我都記在心裡。可是看我在哥哥房裡，對著我想像出來的哥哥講話，你們怎麼沒有處理？就算不是找諮商心理師、精神科醫師，也應該找法師、通靈師、驅魔道士，或神父吧？」

「被你嚇死了，怎麼處理？你走出哥哥的房間就恢復正常，每天自己去上學，問你話也都會回答，就只是放學不來麵攤幫忙，古教練打電話來家裡我們才知道你在打網球，」爸爸吶吶的說，「我們以為你過幾天就會好了……」

我看著爸爸。

只有小學畢業的爸爸，能養出哥哥這種孝順又善良的天才發明家，不用補習就一路第一志願，研究計畫再忙都會找時間去麵攤幫爸媽做生意，爸爸一定很驕傲吧？

當警察通知家屬認屍，爸爸跟警方確認死者是哥哥的時候，爸爸又是怎樣的心情呢？想到這裡，我已經不忍苛責爸爸跟媽媽。因為我知道，那是一種沒有子女，就永遠無法體會的殘忍痛楚。

翻來覆去，徹夜難眠，那一股深沉的憂鬱混雜強烈仇恨的意念仍然充滿我全身、滿溢出我喉嚨。

看看手錶，清晨五點鐘，我跳下床，抓起網球拍，決定慢跑去學校，順便暖身。

才剛走出房間，我一眼看到媽媽坐在客廳，一夜未眠。

「弟弟，今天禮拜六，校隊也要練球？」媽媽問我。

「沒有，不用，網球隊六日休息，我自主訓練。」我說。

「……你注意安全……」媽媽說。

我點點頭，轉身出門。

一路跑到學校，花了大半個鐘頭，跑進球場時已經渾身溼透，天色漸漸亮了。

最近幾次留在球場偷練的時候，我已經抓到打出平擊球的訣竅。搬出發球機，設定好來球角度和速度，我用半西方式握拍，看準來球，移位、拉拍、半蹲、轉腰、轉肩、右腳猛力蹬地、握緊球拍、鞭甩出擊，「啪」一聲，球打在網帶上，掛網沒進。

下一球接著發出，我再度重複移位、拉拍、半蹲、轉腰、轉肩、右腳猛力蹬地、握緊球拍、鞭甩出擊，這次聽到開香檳的響亮「砰」聲，打中甜蜜點，我的平擊球在對場落地後快速打滑，幾乎不彈跳，著地那瞬間就衝出球場，速度快得像飛彈。

我很確定，這球就算是古教練站在對面也接不回來。

奇怪的事發生了。

擱在我喉嚨的深沉鬱悶，似乎隨著我打出的平擊球而有所鬆動。

發球機又吐出第三球，我繼續用半西方式握拍、右腳猛力蹬地，使盡吃奶之力甩動球拍，重擊網球。

一球又一球，我完全不打上旋球，每一球我都全力揮擊，只打平擊球，積在肚子裡的憂鬱一點一滴隨著每次重擊網球而飛出去。

等我打完發球機一百多球，我已經累到沒有力氣難過，趴在地上喘息。

喘了半晌，等呼吸稍微平順些，我站起身，看了看滿場的網球，開始一邊撿球一邊放空。

忽然間，我肺部再度充滿強烈的恨意與沮喪到極致的矛盾反應、肺氣泡無法進行氧氣交換，對哥哥的思念讓我又被憂鬱的情緒洪水吞沒，同時因為一夜沒睡，這次夾雜著許多暴躁與憤怒在其中，我將一百多顆網球再次倒入發球機，按下啟動鍵。

一球接著一球，我每一次打平擊球都用盡全力，企圖讓悲傷的負

面情緒隨著我異常暴戾的野獸擊球而煙消雲散。

好不容易再度將發球機內的一百多球打完，我心情舒坦多了，慢慢撿球，沒想到剛才一點一滴緩慢消滅的難過情緒，突然間又像湧泉般充滿我全身。

我咬牙切齒的將剛才撿完的球全倒進發球機。緩慢消除的鬱悶，變魔術般的瞬間再度華麗登場，向我耀武揚威。

按下啟動，我緩步走到對場，等待。

第一球飛過來了，我移位、拉拍、半蹲、轉腰、轉肩、右腳蹬地、猛力甩出球拍，擊中球的瞬間我忍不住發出怪物般的嘶吼，希望能多將一些負面能量排除體外。

又是一球飛來，我擊出野獸平擊球的同時再度放聲大喊。聲音聽起來不像是我的，倒有幾分像恐怖片裡人不像人、鬼不像鬼的精神病患嘶吼。

一球接著一球，現在的我每次擊球都像揮刀行刑的劊子手，伴隨陣陣淒厲慘叫，越喊越習慣，變成不吼叫不行了，又是一球來到我面前，我猛力蹬地、甩出球拍的同時放聲大吼。

記不得打了多少球、重複填滿發球機多少次，我彷彿聽到一種詭異的外星生物慘叫聲。

過了幾秒鐘才恍然大悟，那是我自己的吼叫聲，只是聲帶已經受損，發出的聲音都不認得了。

視線模糊，我抹去滿臉淚水和鼻涕，看看網球拍的紅色握把，覺得奇怪。

我記得我是纏白色的握把布啊？怎麼變成暗紅色的？我記錯了嗎？

當我鬆開右手，才發現球拍白色的握把布，被我手掌磨破的水泡染成血紅。

怎麼我不會覺得痛呢？難道說，跟失去哥哥的痛苦比起來，手破皮、聲音沙啞竟然一點感覺也沒有嗎？

哀莫大於心死。

我好累喔，掙扎著爬到球場邊的長椅下，我靜靜趴著，體力消耗到極限了吧？

怎麼我還不昏過去呢？

如果失去意識就可以暫時脫離這無邊無際的哀傷、那我再打幾輪，試試看能否就這樣消失吧！

看不到想像出來的哥哥之後，我第一次嚎啕大哭，哭到不能自己。

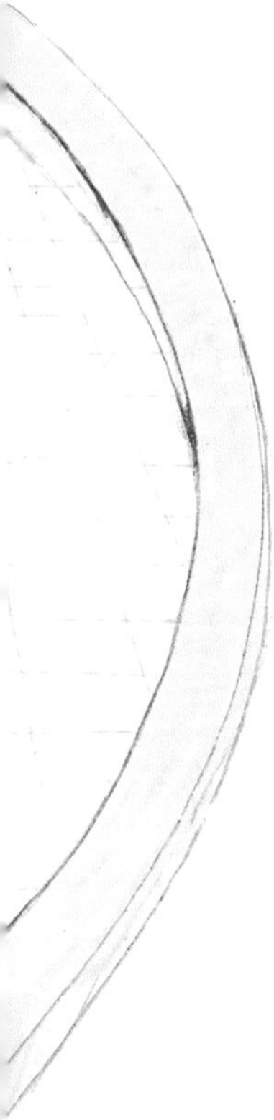

13
單打

今天友誼賽的對手是貴人中學。

對方從一踏進我們球場，就感受到一股莫名的肅殺之氣。

古教練和對方帶隊老師握手寒暄幾句，協調採用五點三勝的比賽規則，讓雙方隊員多練習，貴人中學的教練欣然同意，互相交換出賽名單順序，隊員也同時上場熱身。

「小胖弟，你發球發得進嗎？」古教練問我。

「可以。不求落點和旋轉，只要求發進的話，沒有問題。」我說。

「好，第一場單打你上去比賽。對手是他們八年級的王牌，第一把交椅，我們以下駟對上駟，上駟對中駟，中駟對下駟。」古教練看著貴人中學的選手組合沉吟道。

比賽開始。我一點都不緊張。

跟對方選手握過手之後，我站在球場上，等待著熟悉的絕望感。

出現了。

我又被巨大的憂鬱海嘯吞沒。

我快溺死了，無法呼吸，再不把這深藍色的悶氣排除，我就要爆炸了。

對方一球發過來，我像看到救生圈一般拉拍、半蹲、轉腰、轉肩、右腳蹬地，甩出球拍的瞬間伴隨我野獸般的嘶吼，對手被我嚇得瑟縮一下，我擊出的平擊球在他身邊呼嘯而過。

貴人中學的帶隊老師和其他隊員張大嘴巴，看傻了眼，古教練和大家也是瞪大眼睛、充滿驚訝，卻不敢表現出來，免得被識破下駟對上駟的戰略，還假裝這沒什麼，故作鎮定。

對手看看他的教練，沒有指示，繼續發球。

第一發沒進，第二發球打在我近身處，我閃身移位、拉拍、轉腰、轉肩、右腳蹬地、使盡蠻力甩出球拍，同時再次大吼一聲，打出聲光效果驚人的平擊球。

這兩球其實是我運氣好，不但都打進，而且又狠又準，看起來好像我的實力遠遠高過對方一截，加上音量驚人夾雜些許陰陽怪氣的吼叫聲，一開賽就震懾住對方的氣勢。

我充血發紅的雙眼，惡狠狠的瞪著貴人中學王牌，彷彿要將他開膛剖肚、生吞活剝，吃到一丁點都不剩。

對方嚇到有些手軟，發來一顆軟弱無力的安全球，我再次用平擊球搭配野獸派嘶吼得分。

或許是被我驚嚇到，或許是熱身不足，對方接下來雙發失誤，再送我一分，我破了對手發球局，拿下第一局勝利。

打了三球平擊球，堵在胸口的鬱悶稍稍下降，可是過沒多久，我又呼吸困難，彷彿有個憂鬱的藍色巨人掐住我的脖子，要讓我窒息。

我在原地上下跳動，想快點打出瘋狂暴戾搭配嘶吼的怪物平擊球，宣洩心中的哀傷與強烈恨意。

換我發球，我都只是簡單的把球發過去，若對手強攻得分便罷了，只要他回球一軟，我立刻使用蠻力硬打平擊球回去。

伴隨著歇斯底里的恐怖喊叫聲，貴人中學的王牌心生畏懼，一旦怯戰就容易失誤，加上有些水土不服，我發揮主場優勢，以秋風掃落葉、風捲殘雲之勢，取得第一場單打勝利。

古教練、竹竿、師爺、豆沙包、省話一哥跟書生到這時已經掩藏不住滿臉訝異之色。

只見對方教練臉色鐵青，而打輸的王牌低著頭開始在場邊做伏地挺身，做了大約七八十下後，起身繞著球場跑，看來是他們球隊打輸的懲罰。

我下場休息，才剛走到長椅，沒多久又渾身躁動，彷彿有上萬隻憤怒的蚯蚓鑽進我體內打群架，接著又爭先恐後從我全身上下每一個毛細孔鑽出。

我快不行了。

我搖搖晃晃的走向古教練。

「教練，我可以去後面的場地打發球機嗎？」

古教練看著我緊握球拍的手不斷顫抖，有點擔心，「可以啊，你不要太勉強，累了就休息。」

點頭，我推著發球機，提著延長線，走到後方第三球場，架好發球機，倒入百餘顆網球，設定隨機，接著開始用野獸平擊球一球球狂轟濫炸，不一會兒工夫就感到積在胸膛的憤怒與仇恨稍稍緩解。

等我打完一百多球，趁著可以呼吸的空檔開始撿球，再將網球全倒入發球機，按下開始，繼續用平擊球一點一滴發洩心中的憤恨。

當我意識到有人群圍觀的時候，已經重複打了好幾輪。

「原來如此，這異常凶猛的平擊球是這樣練出來的！受教受教！」貴人中學教練帶著全隊在一旁看我練球，看得津津有味，嘖嘖稱奇。

我把發球機設成隨機，所以發球機東吐一顆球、西吐一顆球，有的長，有的短，球速快慢交錯，無規律的亂飛，我則是滿場飛奔，追著每一球，通通都用伴隨淒厲嘶吼的野獸平擊球打回去。

「平擊球就像日本棒球電玩『實況野球』中把打者設定成『強震』，只要打中球就是全壘打，沒打中就『莎喲娜拉』，被三振的機率隨著全力揮棒而倍增。這種不是你死就是我亡的全力揮擊，有進就得分，沒進就送分，一翻兩瞪眼，像賭博一樣。」書生說。

古教練跟大夥兒也來後方球場看我練球，「你看小胖弟每一球都全發力，還有超過一半的進球率，進球率高就不算賭博。」竹竿幫我說話。

我也不管友誼賽是輸是贏，總之我現在第一要務就是將所有的瘴癘之氣排除體外。

等貴人中學網球隊離開之後，古教練把大家集中到後方球場。

「今天三場單打都贏，雙打贏一場，四比一大勝，大家都發揮得不錯，特別是小胖弟爆冷門那一場。」古教練看了看我，「貴人中學的王牌，實力比小胖弟高了不只一個檔次，卻還是輸給小胖弟，有沒有似曾相識的感覺？」

「**啊！**」師爺根竹竿同時驚呼，「**這是戰術型勝利！**以前『問問賈葉楠』可以用的時候才會發生的戰術型勝利！你有用小楠的程式跑資料？」師爺轉頭問我。

「沒有，」我搖搖頭，忽然想到什麼，「但是我偶然間發現，辦公室電腦裡的『問問賈葉楠』程式，居然有我的資料，是誰在惡作劇？」我問。

「『問問賈葉楠』已經兩年沒用了。」書生說。

「原來那臺電腦還可以開機，我以為早就壞掉了。」竹竿說。

「哪裡有電腦？我們隊上有電腦？我怎麼不知道？」豆沙包問，沒人搭理他。

省話一哥臉色發白，顫抖的呻吟，「……楠哥在天上……自己遠端……更新……吧？」

「喂！」古教練喝斥，「人死為大，入土為安，別亂講話。」

「更新是沒差，把我輸入系統也就罷了，但是居然把我的人形圖像畫成腿長臉小、酷似花美男宋仲基的九頭身瘦子，這玩笑就開大了，到底是誰？」我追問。

「不是我，別看我。」書生說。

「腿長臉小？」師爺問。

「九頭身瘦子？」竹竿說。

「噗，還宋仲基咧，哇哩咧，要不要臉啊你？我看是你自己畫的吧！」豆沙包哈哈大笑。

「……送鐘……雞……」怕鬼的省話一哥發著抖說。

「呸呸呸！不要亂講話！小心被宋太太們扛去埋了！」師爺斥責他，「童言無忌！童言無忌！」

古教練低頭思索，接著說：「網球校隊有三寶，竹竿師爺豆沙包。鐵定是你們其中一個！」

「三寶怎麼沒有我？」書生問。

「對了！這種情況第一個跳出來說『不是我不是我』的人，就一定是他！難不成是你把小胖弟輸入『問問賈葉楠』？」古教練問書生。

「**真相只有一個！**」書生大吼。

難得書生這麼大聲講話，大家都安靜下來看他想怎樣。

只見他站起來，走進校隊辦公室，大夥兒跟著他，書生走到電腦前，先動動滑鼠，解開螢幕保護程式，再從桌面尋找「問問賈葉楠」啟動圖樣，點下，打開程式。

省話一哥又怕又想看，猶豫一下還是跟著進來校隊辦公室。

大家圍著電腦，緊張的注視著螢幕。

「啊！」螢幕中果然出現竹竿、書生、師爺的人形圖樣，還有一個腿長臉小、酷似花美男宋仲基的九頭身瘦子人形圖樣標示著「小胖弟」。

書生將滑鼠游標移到標示「小胖弟」的瘦高人形圖樣，點開來。

突然間，超連結打開視訊畫面，一個熟悉的臉孔占滿電腦螢幕。

「大家好，我是賈葉楠，『問問賈葉楠』的作者。」哥哥說。

「鬼啊！」

「快跑啊！」

「我的媽呀！」

「夭壽！」

前幾天才去靈骨塔給哥哥上香，今天就看到了哥哥說話的影像，這衝擊太強大，古教練向後跳一大步、背撞到柱子，一陣灰塵從天花板掉落。

書生跟師爺腳一軟，摔在地上，接著連滾帶爬衝出校隊辦公室。

竹竿滿口運動飲料吐在省話一哥後腦勺，兩人狼狽的邊擦臉邊往外跑。

豆沙包正在吃晚餐，嚇到噎住，一口饅頭卡在喉嚨吞不下又吐不出，我趕忙從後方抱住他，用哈姆立克法讓卡住的饅頭從嘴裡噴出，豆沙包跪在地上喘氣，我拍拍他的背，目光卻離不開電腦螢幕。

「這不是即時連線的視訊吧？看起來像小楠很久之前錄好的影片。」古教練驚魂未定。

你們這些人，前幾天給我哥上香的時候還哭得死去活來的，現在全部嚇到屁滾尿流，我鼻子不屑的噴氣。

「不知道是誰會先看到，如果你不認識我，請你找古教練來看這段影片。」哥哥說完，刻意停頓一會兒。

我愣愣的看著哥哥。

突然間一陣模糊，哥哥的影像被我眼中的淚水扭曲，我趕忙連續眨眼，生怕漏看幾秒哥哥的臉。

「古教練，你來啦，你好像胖囉！沒有運動吼！」哥哥還假裝看得到古教練，跟他開玩笑，「我從學校的實驗室遠端更新了『問問賈葉楠』，把最近五年各大廠牌新款網球拍、網球線與避震器對球路相剋的影響加入資料庫，希望可以提升『對戰！FIGHT!』預測準確性，你再幫我試試看吧！有要調整的部分跟我說，我有空就處理。」

這時候竹竿、書生，跟師爺的頭慢慢從門外探進來，盯著螢幕，聽聽哥哥說些什麼，省話一哥則是躲得不見蹤影。

「而且，我絞盡腦汁、新寫了一個程式，會自動上網下載ATP男子網球世界排名前三百名的選手資料與對戰紀錄，不斷自行更新並轉換格式，吐資料給『問問賈葉楠』。特別是當有選手擊敗世界排名高於自己的對手、這種爆冷門賽事，系統會另行篩選出來分析，『問問賈葉楠』再把六張犁網球隊員分類，挑出條件、球風類似的現役職業網球選手，參考對戰各類型對手的實戰表現，如此一來，『問問賈葉楠』的資料庫越來越完整，『對戰!-FIGHT!』的準確率可以提升到更高！」

古教練聽到這裡，「喔」了一聲，驚喜之情溢於言表。

「我還有個不情之請想拜託你。我的弟弟，賈詩書，小學快畢業了，下個學年會來六張犁國中註冊。他學業成績不怎麼樣，長得也不怎麼樣，矮矮胖胖的，功課很爛，人緣差，跟這個世界格格不入，不太能融入社會，但是協調性很好，非常靈活，像兒童版的功夫熊貓。」哥哥說到這裡略微停下，「所以，我想拜託古教練，教我弟弟中國功夫。」

在門口偷聽的竹竿跟書生噗哧一笑，我跟古教練聽到這裡同時對望一眼。

「小楠在講笑話吧？」古教練說。

「是啊，好冷。」我擦擦眼淚，又哭又笑。

「我是開玩笑的，」哥哥繼續講，「我想拜託教練，讓我弟弟加入網球隊。我把他的人形圖樣畫得又高又瘦，這是因為他馬上要進入快速增高期，依照我們家族的遺傳基因推測，接下來三年內，我弟會長到一百七十五公分以上，一抽高立刻會瘦下來。」

哥哥停下來，頭歪一邊，手摸摸下巴，這是他在思考時的習慣動作，也是我記憶中常見到的哥哥，我右手往臉上一抹，想擦掉遮蔽視線的眼淚，卻越抹越糟。

「拜託你了！古教練！我弟弟生性懶散，愛投機取巧，他擅長說謊加上喜歡騙人，我怕他誤入歧途，走上詐騙集團的歪路。讓他在你球隊打球，就算當球僮、坐板凳也無妨，我跟著你們球隊一年多，我很清楚你對網球隊員的要求標準。球技如何是其次，重點是品德，心地要善良，心術要純正，你最強調的是品德教育，對網球技術的要求反而不比對品行要求來得嚴格。而且你帶隊的風格很有彈性，著重自主訓練，我弟在這裡更容易找到打網球的樂趣，這是傳統高壓式球隊訓練做不到的。」

當哥哥滔滔不絕的說著，我已經哭成像一隻被撈起的吳郭魚，淚眼汪汪什麼都看不見，嘴巴一張一合的吸氣吐氣。

「古教練，我們亦師亦友，請幫我這個忙，讓我弟弟開開心心打球吧！就算他練三年還排不上先發，只要球品高於球技，沒有吸毒、交到壞朋友，沒有加入幫派、走上歪路，我就心滿意足了。拜託你了！這個影片會在播放完的三十秒內自動銷毀……」

我聽到這裡，緊張的硬睜開紅腫的雙眼，深怕少看了哥哥幾眼。

「……開玩笑的，喂，四眼田雞，快點叫古教練來看這個影片。我在說你，你還看別人！去找古教練來……」哥哥還在假裝看得到螢幕外的人，我卻再也忍不住，放聲大哭。

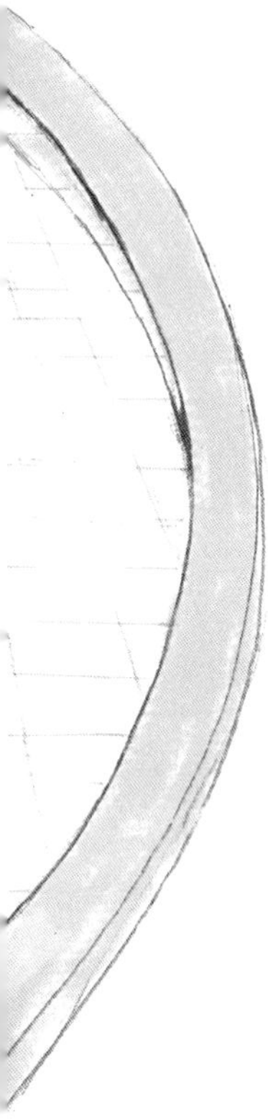

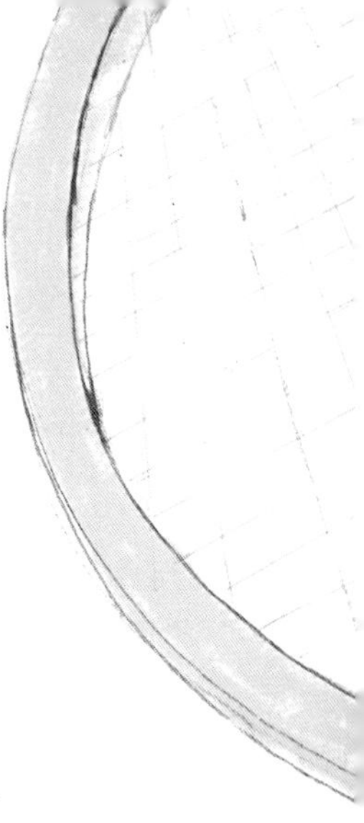

14 放下屠刀，立地成佛

今天友誼賽的對手是和平國中。

上次是他們來訪，今天換我們侵門踏戶，古教練帶著大家從六張犁捷運站走到基隆路與辛亥路路口，還沒走進和平國中校門，就聽到整齊畫一的跑步聲與唱歌答數。

走進一瞧，和平國中網球隊教練親自跑在前頭，帶隊暖身。

「為了讓雙方多練習，今天還是打五場，竹竿第一場單打，書生、師爺第二場雙打，省話一哥第三場單打，豆沙包、師爺第四場雙打，小胖弟第五場單打。」古教練特別問我，「你會對上和平的隊長，他跟你一樣專門打平擊球，上次見識過一次，會不會怕？」

「不會。」我回答，低頭看看小腹，開始感覺到一股憤怒又哀痛的複雜情緒漸漸堆積，越堆越高，估計再一下子就要滿到胸膛。

走進和平國中的網球場，跟我們六張犁國中一樣是紅土球場，竹竿、書生、師爺開始熱身，我則是發現一個熟悉的身影出現在球場邊。

「媽媽！」我驚呼。

「我跟你爸問教練比賽時間，過來看看你表現如何。你專心比賽，不要管我們，當作我們不在旁邊看你打球，爸爸去幫大家買水跟運動飲料。」媽媽說。

我有些不知所措。

從小到大，爸媽只會為了去參加資優生哥哥的頒獎典禮、科學競賽展覽，丟下麵攤生意，哥哥才是讓他們驕傲的兒子，根本不會管我的事。

如果是因為我的事情跑來學校，**那一定是我又闖禍了。**

比賽開始。

爸媽在場邊大聲加油，不時跟古教練交頭接耳，對戰成績跟上次差不多，第一場的竹竿、第三場的省話一哥都贏下單打，第二場、第四場的雙打還是打輸，二比二平手的情況下，我負責的第五場單打決定勝負關鍵。

輪到我上場了。我先發球。

發球不是我的強項，畢竟還沒有下苦工練過，只能順順發進對場，我才一球發過去，和平隊長立刻移位、拉拍、全身肌肉緊繃、身子弓起像隻蓄勢待發的獵豹，接著迅速轉腰、轉肩、右腳猛然一蹬，風馳電掣的甩出球拍！

「**砰！**」正拍平擊球發出開香檳的清脆響聲，和平隊長打出的球在我腳邊呼嘯而過，我彷彿被釘在地板上，動都來不及動就被得分。

我握住球拍的手越抓越緊，開始感到呼吸困難。一團莫名的怒火在我胃裡越燒越旺。

我緩緩拋球，一發沒進，發二發，和平隊長迅速移位，像是複製前一球般，再度用平擊球攻擊得分。

發第三球，又被平擊球得分。發第四球，再度被平擊球得分。和平隊長如同上次對上豆沙包一般，連贏四球，以風捲殘雲之勢拿下第一局。

換和平隊長發球，第一球沒進，第二發球被我逮到一線生機，我快窒息了，為了生存而戰，迅速移位、拉拍、半蹲，接著右腳蹬地同時轉腰、轉肩，將力量完全轉移到甩出的網球拍上！

絕對不要忽視垂死掙扎的求生力量，那是一種本能。

我打出的平擊球快速如閃電，伴隨恐怖片才會出現的淒厲嘶吼聲，球在和平隊長腳邊飛逝而過，他被我嚇得跳起來，場邊和平國中的教練跟球員也張大嘴巴。

和平隊長繼續發球，一發受到情緒影響，沒進，第二發球為了求穩，減緩力道，我逮住機會，衝上前站定位，再度用我充滿仇恨與暴戾之氣的野獸平擊球攻擊得分。

我猜，我現在雙眼必定是布滿血絲，因為在我眼中看來，對面站的不是和平隊長，而是**酒駕肇事、撞死哥哥的殺人凶手！**

接下來的比賽全是互破發球局，和平隊長的平擊球又快又準，我的平擊球則是異常暴力、氣氛詭異，讓人不寒而慄，只見我拿著一把網球拍當作屠刀般揮舞，彷彿走進屠宰場，每次手起刀落、白刀子進紅刀子出，都會聽見不知是屠夫嘶吼、還是牲畜被宰殺的哀鳴嚎叫聲。

就這樣，我與和平隊長你來我往、僵持不下，鏖戰到雙方都氣喘吁吁、兩腿發抖，我的身體被無邊無際的恨意充滿，仇恨成為我最大的驅力，來不及跟哥哥好好道別的懊悔鬱悶讓我無法呼吸，在我走火入魔之際，我聽到媽媽的聲音。

「弟弟，放下吧！」

我呆立半晌，緩緩轉頭，看著媽媽，一時間沒反應過來。

「放下吧！」媽媽含著淚水，微笑對我點頭，「已經夠了，放下吧！」

「**什麼夠了？不夠！還不夠！我不要放下！還不夠！**」我怒吼，抓住手中的球拍用力捶打地面，打到球拍都折斷了，發出「吧嗒」一聲，斷成兩截，斷掉的拍頭靠著球線支撐吊掛著微微搖晃，活像被打斷頸椎的植物人，腦袋軟趴趴的無支撐力道而垂下。

「**不夠！還不夠！我不要放下！還不夠！還不夠！**」我聲嘶力竭。

抬頭看了和平隊長一眼，他嚇得向後跳退三步，左腳絆一下向後摔倒，滾兩圈接著爬起來，再向後退五六步，盡可能拉遠與我之間的距離，最後整個人跑出球場外。

「六張犁國中，警告一次。」主審裁判對我摔球拍的行為作出處分。

網球拍是網球選手吃飯的傢伙，就像乞丐的碗一樣，可以髒、可以舊，就是不能摔，一摔破碗就表示不幹乞丐了，所以摔網球拍如同乞丐摔碗，是非常沒有運動家精神的行為。

特別是把球拍摔到折斷、無法修復，這算是網球選手可能作出的第二沒風度舉動。而第一沒風度的惡行，就是不打網球、打裁判，把主審從高腳椅上拉下修理一頓。

我朝裁判走去，古教練衝過來揪住我的衣領，「你哥要我盯住你，別讓你走歪了、誤入歧途，看在小楠的面子上，我多給你一次機會，」只見他咬牙切齒、面目猙獰的說，「**你敢再摔一次球拍，我就把你踢出網球隊！拿著！**」說完遞給我一支球隊備用球拍。

古教練接著向主審與和平國中校隊師生道歉、致意，裁判宣布比賽繼續進行。

「弟弟，放下吧！」我又聽見媽媽溫柔的說，「放下吧！已經夠了，放下吧！」

我轉頭看著媽媽。

「媽媽沒有讀書，不會講什麼大道理。你還小，不要一直活在仇恨裡，仇恨會讓你不再去愛人，」媽媽已經哭了，擦擦眼淚，「放下仇恨吧，然後永遠記得有個愛你的哥哥。你可以繼續悲傷，繼續難過，繼續想念哥哥，但是放下仇恨吧！不要讓仇恨支配你的人生！」

我聽到媽媽說她沒有讀書、不會講什麼大道理，忍不住心底一酸。

想讀書卻沒有環境能夠念書的媽媽，小學畢業就要離鄉背井找工作餬口，輾轉上來臺北打拚，每天都在為了生活努力著。

我跟哥哥從一出生就衣食無虞，想玩就玩，想讀書就讀書，「受教育」居然被我當成理所當然的事情，我真是身在福中不知福。

世上只有媽媽好，有媽的孩子像個寶。

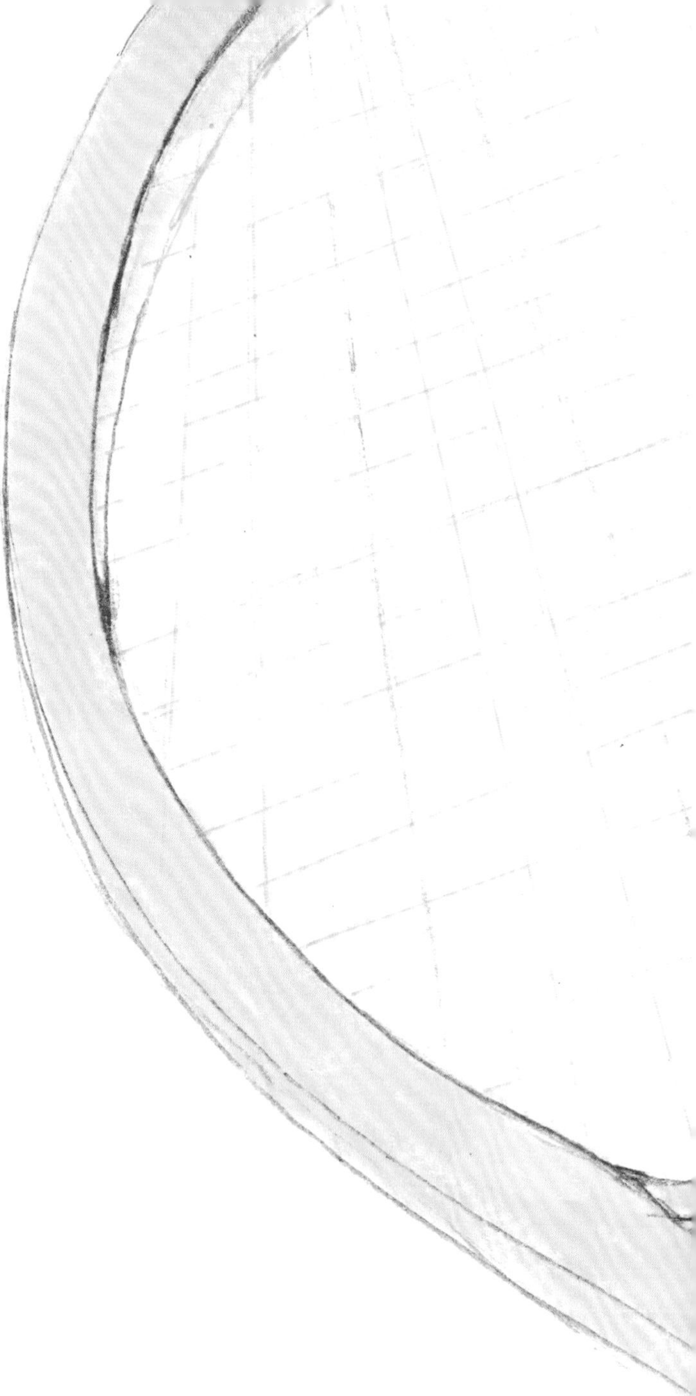

熟悉的歌聲在我腦中響起，忽然間那股讓我窒息、無法呼吸的巨大憂鬱海嘯，悄無聲息的消退，滿腔無處宣洩的怒火也跟著灰飛煙

滅。

定定神，我注意力回到球場上，追著和平隊長打過來的球，企圖打出充滿仇恨的暴力平擊球，掛網。

和平隊長的攻擊球依舊犀利，不斷讓我左右飛奔衝刺，我竭盡全力折返短跑救球，仍然鞭長莫及。

好不容易逮到對方一個失誤球，軟綿綿的來到我面前，我半蹲積蓄力量、轉腰、轉肩、右腳猛力蹬地、迅速甩動小臂、揮出球拍，打出的平擊球毫無氣勢可言。

「奇怪？」我抓抓頭。

又是一球機會球，我移位、半蹲、轉腰、轉肩、右腳猛力蹬地、迅速甩動小臂、揮出球拍，打出的平擊球仍舊少了暴戾之氣，和平隊長跑到位，

回擊得分。

「咦？」我低頭看看手中的球拍，跟我折斷的是同一款。

球線不一樣嗎？問題出在哪裡呢？

我不死心，繼續嘗試，抓準時間，移位、半蹲、轉腰、轉肩、右腳猛力蹬地、迅速甩動小臂、揮出球拍，我這次打出的平擊球懶洋洋的越過球網，沒有速度、也沒有力量，和平隊長早就好整以暇的跑到位置，反擊得分。

我懂了。

我殘暴凶狠的力量來自於仇恨。

非常濃郁強烈、異常病態、且邪惡至極的恨意驅使我打出超乎常軌的平擊球，並發出悲淒至極的哀鳴。

當我終於放下，放下仇恨，放下對哥哥早逝的不甘，放下手刃兇手、替哥哥報復的意圖，我也失去了源自仇恨的力量。

我卻找到久違的，單純打球的快樂。

「和平國中獲勝！」主審裁判宣布。

即便是輸球，也不會影響我內心的平靜。

我轉頭看著爸爸媽媽。

媽媽微笑著對我點點頭，爸爸站在媽媽身旁，不發一語看著我。

15 程式語言

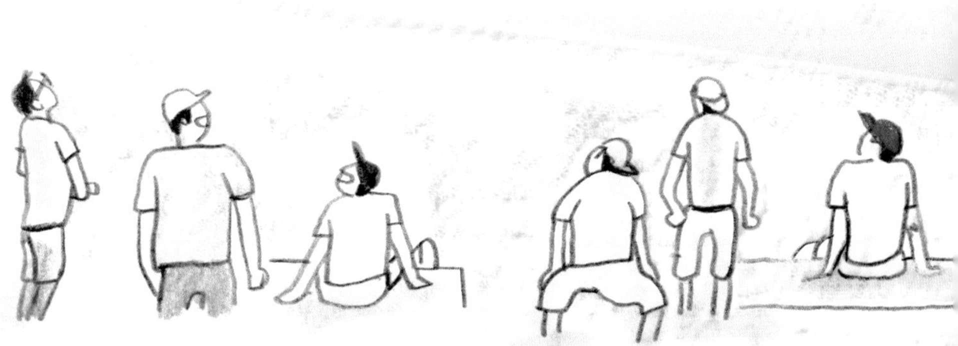

我知道我將來想要做什麼了。

回家的路上，古教練跟著我爸媽一同漫步在基隆路人行道上。

「古教練，對不起，我再也不敢摔球拍了。」我向教練道歉。

「諒你也捨不得摔。你球技進步很多，剛剛我有跟你爸媽談過，我手上廠商送的是給初學者使用的新手球拍，這種促銷用的便宜球拍已經不夠你打，如果想繼續訓練下去，要考慮帶你去買選手用的進階網球拍。不便宜喔！你如果捨得摔球拍，你就是糟蹋爸媽的血汗錢！」古教練說。

「謝謝教練的栽培，我們夫妻會全力支持與配合！」爸爸說。

「謝謝教練，請古教練繼續鞭策！」媽媽也向教練道謝。

「小楠拜託我多照顧弟弟，我會盡可能的幫忙。我想要跟你們確認，願意支持小胖弟打網球到什麼程度？如果想要轉職業選手，在沒有廠商贊助的情況下，一年出國比賽的費用會上看百萬。加上聘請體能教練、技術指導教練、戰術教練、物理治療師、營養師……等籌組教練團的費用，每年燒掉五、六百萬，甚至超過千萬都有可能。」古教練解釋。

今日的ATP職業網壇，類似F1賽車車隊，每位選手背後都是一整個團隊在運作，科學化分工，競爭激烈的程度超乎常人想像，單打獨鬥已經是不可能的事。

實力堅強的選手，沒有教練團在背後支持，輸給實力較弱、排名更差的選手大有人在，當世界排名不斷起伏，積分不足以進入重要賽事的會內賽，即便擁有可匹敵世界前一百名精英的先天條件，最後隨波逐流、淡出網壇也是在所難免。

「我不打算當職業選手，我想要念高中，讀大學，學程式設計，跟哥哥一樣當工程師。」我說。

爸媽辛苦擺攤賣麵，一年賺不到多少錢，不過就是勉強收支平衡罷了，我怕他們被古教練報的價錢嚇死，趕忙澄清。

「好，那我們就把打網球當作升學的一種手段。以我們六張犁國中網球隊的成績，你一定可以保送絕大多數的普通高中。上高中以後繼續打球，全國排名賽成績別太差，看你想讀哪間大學的資訊工程系，我帶著你去一一拜訪這些學校的網球校隊，跟指導老師聊聊，讓他們看看你，認識一下。這些大學的網球隊老師，不是我的老對手、就是老戰友，只要他們向學校提出申請體育資優生名額，你就可以念大學了。」古教練略微思索，「只是想當然爾，條件是你必須加入這些大學的網球隊。」

「我如果靠體育保送進大學，那我應該算甲組選手吧？大學網球校隊是乙組球隊，大學校隊參加的大專盃網球賽屬於乙組賽事，我又不能參賽，我加入大學的網球隊幹嘛？」我好奇。

「提升球隊實力，陪練球、輔助訓練，強化訓練資源，讓這些比較晚才接觸網球的大學生能進步啊！你網球打到那時候，當他們教練都綽綽有餘，這些大學彼此間的體育競爭是很激烈的，叫資訊工程系空一個名額給網球體保生，提升校隊在大專盃奪牌機會，一點也不為過。」古教練拍胸脯保證，「相較之下，比起進大學，不被二一、順利畢業，還比較難吧！」

爸媽聽到古教練跟我已經規畫到這麼久以後的事了，吃驚得插不上嘴。

「讀書考試我不太在行，要順利畢業的確比較難。」我怕花太多時間在球場上，課業完全跟不上。

「你才十三歲，不用妄自菲薄，從現在開始努力，什麼都有可能，什麼都來得及。」古教練說，「我建議你英文要額外下苦工，每天多花點時間準備，你早上別練球，時間拿來讀英文好了，資訊業瞬息萬變，學校學的東西，還沒畢業就已經過時，畢業後就業時又會出現新技術、新程式語言，工程師要有讀原文書自學的能力。」

我聽到這裡，點點頭，以後早自習前的時間都拿來念書吧。

「哥哥那麼聰明，你想學哥哥當工程師、讀電腦，會不會太辛苦？」爸爸擔心我太勉強，「要不要讀體育大學，讀不下去就回來幫爸爸顧麵攤？」

「小楠作研究的時候，也有跟著我們校隊一起打球，他斷斷續續花了一年的時間練習，才打得出質量俱佳的上旋球，小胖弟只花一個多禮拜就超越他哥哥打一年的程度了。」古教練幫我說話，「更不用提小楠一直學不會平擊球。為了判斷平擊球的量化分數，他有刻意想練平擊，我幫他特訓很多次，他就是抓不準平擊球的擊球點、和第一時間擊球的節奏，反觀小胖弟打了一個月，就已經可以在比賽中打出平擊球、拿下致勝分，可見小胖弟一點都不笨，我相信他就算沒有哥哥的超級金頭腦，也一定可以完成他想做的事。」

「沒錯！我相信我一定可以的！」我加入網球隊後，越來越有自信。

而且哥哥寫的網球對戰分析系統「問問賈葉楠」，讓我嗅到一絲商機。

我跟哥哥從小在爸媽的麵攤長大，幫忙爸媽做生意，換錢、找錢給客人，慫恿客人加點小菜、滷蛋，我骨子裡流著商人的血液。

如果我能把哥哥的心血結晶改良，甚至發揚光大，某種程度來說，也是讓哥哥能繼續回饋社會。

除了賺錢，我想到哥哥幫爸媽麵攤冰箱設計的食材進貨提醒程式、寫網球對戰程式，輔助球隊訓練，以及設計模擬來福的機器狗，幫助汀州國小那位傷心的弟弟回到現實，我希望可以像哥哥一樣，人生的目標就是貢獻所學，改善人類生活。

「弟弟，你好像變瘦了？」媽媽突然問問我。

「人胖不是病，胖起來要人命，瘦一點也好。」我說。

「好像有長高？」爸爸也注意到。

「有嗎？哥哥說我們家的基因至少一七五公分起跳。」我說，「對了，教練，我現在可能再也打不出那種瘋狂粗暴搭配病態嘶吼的平擊球了。」

「那真是太好了！你每次鬼吼鬼叫，叫得我都快心肌梗塞、心臟病發作了。我想想，專門打上旋球的網球拍、拍面偏圓形、線床十六乘十九、甜區球線偏稀疏、比較咬球。」古教練聳聳肩，「打平擊球的選手拍，拍面比較小、甜區球線密、線床通常是十八乘二十，讓力量能快速傳遞到網球上，理論上我給你的初級網球拍，本來就應該是打不出平擊球。」古教練又補充，「至少打不出你那種力量跟速度的平擊球。所以我也不知道你怎麼辦到的，可能是你真的很適合這項運動吧！」

嗯，我真的很適合打網球，多虧哥哥的建議。

加入網球隊後，我增加自信、結交新朋友、發洩多餘的精力、情緒找到宣洩的出口，唯一的缺點就是我開始變黑變瘦了，手臂的蝴蝶袖曾幾何時消失無蹤，轉變成結實的肌肉。

咦？不對！建議我加入網球隊的哥哥，是我想像出來的……嗎？

那麼，為什麼我會事先看過「問問賈葉楠」這個程式呢？

算了，不要再想了，放下吧！

放下吧。

活在當下。

九歌少兒書房 263

網球少年

著者　董少尹
繪者　蘇力卡
責任編輯　鍾欣純
創辦人　蔡文甫
發行人　蔡澤玉
出版發行　九歌出版社有限公司
臺北市八德路3段12巷57弄40號
電話／25776564・傳真／25789205
郵政劃撥／0112295-1
九歌文學網　www.chiuko.com.tw
印刷　晨捷印製股份有限公司
法律顧問　龍躍天律師・蕭雄淋律師・董安丹律師
初版　2017年11月
定價　**260元**

書號　0170258
ISBN　978-986-450-151-9
（缺頁、破損或裝訂錯誤，請寄回本公司更換）

國家圖書館出版品預行編目(CIP)資料

網球少年 / 董少尹著 ; 蘇力卡圖. -- 初版.
-- 臺北市 : 九歌, 2017.11
面 ; 公分. -- (九歌少兒書房 ; 263)
ISBN 978-986-450-151-9(平裝)

859.6 106017718